我看见,阿拉斯加的鳕鱼跃出水面

贺琳／著

当代世界出版社

图书在版编目（CIP）数据

我看见，阿拉斯加的鳕鱼跃出水面 / 贺琳著 .—北京：当代世界出版社，2015.11
ISBN 978-7-5090-1052-5

Ⅰ . ①我… Ⅱ . ①贺… Ⅲ . ①游记—作品集—中国—当代 Ⅳ . ① I267.4

中国版本图书馆 CIP 数据核字（2015）第 223064 号

书　　名	我看见，阿拉斯加的鳕鱼跃出水面
出版发行	当代世界出版社
地　　址	北京市复兴路 4 号（100860）
网　　址	http://www.worldpress.com.cn
编务电话	（010）83908456
发行电话	（010）83908409
	（010）83908377
	（010）83908455
	（010）83908423（邮购）
	（010）83908410（传真）
经　　销	全国新华书店
印　　刷	三河市南阳印刷有限公司
开　　本	880 毫米 ×1230 毫米　1/32
印　　张	7.5
字　　数	200 千字
版　　次	2016 年 1 月第 1 版
印　　次	2016 年 1 月第 1 次印刷
书　　号	ISBN 978-7-5090-1052-5
定　　价	36.00 元

如发现印刷质量问题，请与承印厂联系调换。
版权所有，翻版必究，未经许可，不得转载。

目 录

第一章 尼罗河之旅——我看到的那个埃及

- 金字塔,法老真的生气了吗?……03
- 阿布辛贝庙,他对她的爱情永垂不朽……14
- 尼罗河游轮,这里满足了我童年对富贵豪华的所有幻想……26
- 卢克索,我终于遇到了我喜欢的埃及男人……31
- 达哈布(红海),你可愿去做一个红海边小旅馆的老板娘?……53
- 开罗,再见了,埃及……61

第二章 人生得意须尽欢——在美国沦陷的日子

- 洛杉矶,原来星光大道是如此规模……75
- 拉斯维加斯,站在威尼斯小桥上,我有种落泪的冲动……79
- 远离拉斯维加斯,人生第一次,端起机关枪……83
- 大峡谷,曾经以为我的家,是一张张的票根……86
- 布莱斯国家公园,一切发生得如此突然……93
- 死马点洲际公园,We are not fast(别指望我们快)……98
- 黄石,如果有双熊掌搭上了我的肩膀,我是该跑还是该装死呢?……102
- 大提顿国家公园,熊爸爸,熊妈妈,还有三只小熊……108
- 杰克逊小镇,难道连英文字幕都没有……112
- 盐湖城,总算逛了一个拉萨的 Outlets……115
- 尾声,放三颗信号弹,让它们照亮祖国的山河……118

第三章 最遥远的旅行——那年中秋的埃塞与巴西

- 亚迪斯亚贝巴,她们怎么都这么美……125
- 兰加诺湖,月上柳梢头,人约黄昏后……131
- 埃塞俄比亚,你等我,我一定会再来……137
- 马拉卡纳球场,提前看一场世界杯……142
- 里约热内卢,贫民窟离我们到底有多远?……151
- 伊瓜苏大瀑布,祝你们洗一个愉快的澡……159
- 玛瑙斯,我是他唯一的听众……162
- 亚马逊雨林,如果这世上真有一片桃花源……166
- 告别亚马逊,最幸福的时刻都是不自知的……179
- 黑金城,为谁风露立中宵……184
- 圣保罗,在巴西唯一令我们有些担心的城市……193
- 尾声,This too shall pass(这一切也终将逝去)……201

01 / 摄影集

埃及第一站，开罗

埃及法老墓

03 / 摄影集

埃及第一站，开罗

我看见，阿拉斯加的鳕鱼跃出水面 / 04

埃及第一站，开罗

埃及第二站，阿斯旺阿布辛贝庙

我看见..阿拉斯加的鳟鱼跃出水面 / 06

埃及第二站,阿斯旺

07 / 摄影集

埃及第二站，阿斯旺

我看见，阿拉斯加的鲑鱼跃出水面 / 08

埃及第二站，阿斯旺

埃及马车

埃及第五站，达哈布

11 / 摄影集

美国死马点

美国星光大道

美国拉斯维加斯夜景

美国拉斯维加斯夜景

美国枪店

美国枪店

我和美国人

美国小店里的印第安人雕塑

美国街头老人

我看见，阿拉斯加的鳟鱼跃出水面 / 20

美国黄石

美国黄石

美国黄石

美国柯达剧院

埃塞本土咖啡，香飘万里

在温泉遇到的当地人

巴西伊瓜苏瀑布

巴西沙滩足球

在巴西亚马逊河中游泳,是此生最冒险刺激的体验

巴西雨林食人鱼

巴西 lodge

31 / 摄影集

巴西小船

这下人齐了，只是可不可以不用日语跟我打招呼

第一章

尼罗河之旅——
我看到的那个埃及

从 2006 年底开始，每年冬季都要去一个温暖且又便宜的东南亚国家待几天，享受 30 度以上的夏季高温，逃离北京的严寒。2009 年底是段异常繁忙的时间，所以把这个去热带的梦一直留到了 2010 年的平安夜前夕。看着北京窗外依然是枯黄的树枝灰黄的大地，在不得不工作混口饭吃而不能尽兴玩乐的基础上，还要面对永远过不去的寒冬，心里有种死一样的难过，太绝望了。

为了使自己心情略好一点，拿出中国地图和世界地图来猛看，哪里有一片净土可以安慰我严冬中瑟瑟的心？去过越南、柬埔寨，也去过泰国了，那著名的埃及会不会是个好的选择呢？

03 / 第一章 尼罗河之旅——我看到的那个埃及

金字塔，法老真的生气了吗？

距离自 2010 年 12 月 23 日晚上出发，到 1 月 6 号凌晨回到北京的 13 天埃及之旅，已经过去 2 个半月了。

在这期间工作状态近乎疯狂，每天加班到深夜，偶尔用一分、半分钟时间看一眼埃及的照片，牵挂着何时才能开始写我的游记。终于一天一天地，等到了现在。

那些古老的文明，那些残破但宏伟的建筑，那些小奸小坏的商贩，那些街头上穿着拖地长裙、用黑布蒙着脸的少女，那些途中遇到的亲切的、奸猾的、淳朴的、害羞的笑脸，那些关于尼罗河的记忆，已经逐渐模糊远去。今日重新提起，不知还有没有当时的热情，不知还有没有当时的愤怒，不知还有没有那样的心情了。

从童年时看过电影《尼罗河上的惨案》开始，就一直憧憬着去埃及旅行，到尼罗河上坐游轮，穿着晚礼服，戴着金首饰在游轮上招摇，跟来自各个不同国度的人谈天论地，站在阿布辛贝庙的神像下面大声念诗，爬上金字塔去呼唤爱人的名字……

终于，2010 年的圣诞节，我开始了埃及旅行。在网上我约了四个伴，北京的璇璇，东北的皓哥，还有上海的一对小夫妻，兔子和兔子的老大（注：男为兔子，女为兔子的老大）。12 月 24 日凌晨，我们坐上了海航的飞机飞往开罗，那个文明古国的首都，那个神秘的城市。

飞行时间十一个半小时，埃及与中国时差六个小时，我们在开罗时间早晨6点多一点到达。这次在飞机上我一直试图让自己睡，不像上次去罗马，飞行十个多小时一点没睡，结果到了罗马倒时差就倒了三天。出海关的时候，埃及官员居然真的要"腐败"，对着皓哥做钱的手势。皓哥是我们这些人里英文程度较差的，埃及人说的英语他本来就听不懂。那个埃及官员让他站一边等着，也不说为什么。

我气得冲上去拦在出口，不让皓哥走的话，这一队人谁也别想办入关。过了两分钟，埃及官员放弃了，给皓哥的签证上盖了入关章，放我们入关。

从航站楼出来找出租车就费了很大事，开罗人民的英语水平实在达不到能沟通的程度。我们问了警察、保安等很多机场工作人员，始终未果。最后还是皓哥跳到另一条马路上去，伸手拦了一辆出租。

从打这第一辆出租车开始，我们对埃及的物价之不透明便有了初步的认识。出租车司机一开口就是八十一百的，最后讨价还价以55埃磅成交。幸亏我们来之前在网络上查了很多攻略，对埃及的讨价还价的背景有点了解，否则简直不知道要被宰到什么地步去。

此时才刚早晨，还不到8点，开罗街道上基本没有行人。街景看起来比较破旧，尚不如东南亚国家的市容，没有什么高楼大厦，我对开罗的第一印象不是太好。

我们五个人分订了不同的两家旅馆，约好办好住宿放下行李后，去埃及博物馆门口集合。到达旅馆时，门房对我说房间还没准备好，让我们先等等。我问要等多久，他说半个小时左右吧。

不知怎么，看着他就觉得特别不靠谱，我有点焦急地问到底半小时能不能好？哥儿很友善地劝我不要着急，先去他的卧室里洗漱吧。我于是去他的卧室里洗脸化妆折腾很久，出来后房间还是没好。我开始发脾气，最后他们让我们把行李放在前台存上，先去游玩，承诺我们中午回来肯定就可以办入住了。

经过这第一轮与埃及人的接触，我感觉埃及人十分不靠谱。他说肯定的时候，我看眼神就觉得没谱；他说"May be"的时候，基本上感觉就是没戏。我心里忐忑着，去埃及博物馆跟其他伙伴会合。

我们在埃及博物馆门口拍了张照片，警察就过来说不许拍照，让我删掉。我赶紧听话地删掉了，毕竟不是在自己国家，在人家的一亩三分地上，老实点的好。

门口排大队，我们排了半小时才进去。果然如之前看的攻略上所说，相机是不许带进去的。进去后终于碰见他们几个，也是存了行李在前台没能办入住，看来人家这边确实上午10点才能入住啊。

至于埃及博物馆，虽然每件东西都是上千年历史的无价宝，但其实并不太精致。比起法国卢浮宫那是没得比，加上我这人对博物馆之类景点一向不是太有兴趣，没人给讲故事的话，只看砖头瓦块或者棺材，我就不太起劲。

找不到木乃伊馆时，有个埃及小伙子很热心地带领我们到木乃伊馆门口。我们正在千恩万谢时，他伸手要钱，说要带路费。我对埃及人的好感瞬间降到零，他就带我们绕了一个弯走了不到100米，居然就要小费？

我们坚持不给，他倒也没怎么样，只是一直在我身后絮叨说，他给我带路是多么辛苦。在这个需要单独花钱进去的木乃伊馆里，那些号称保得很好的尸体们着实令人害怕，虽然颜色枯黄，但的确不是白骨，就像枯干萎缩的躯干，眼睛鼻子头发还真是栩栩如生。屋里冷气十足，待上一会儿，我不知是心理原因还是生理反应，就从背后直冒凉气。

逃出木乃伊馆后，不知是由于时差的原因，还是不该去看木乃伊，我感觉特别累，腿上像裹了铅一样抬不起来。我和璇璇干脆坐在一个木板凳上不继续看陈列品，等着他们看完了赶紧回住处去歇歇。

在博物馆门口的商店里狠心买了三张明信片，5埃磅一张啊，简直要杀人。从埃博出来，我们已经累得丢盔卸甲，便想找家好一点的餐馆吃饭。路上就有埃及人过来搭讪，问我们需不需要带路。我们说我们只想吃饭，他就说那带我们去一家有名的餐馆。

我们都觉得上赶着没生意，这种主动搭讪的最好不要招惹他。自行在路边随便找了家餐馆，墙上文字全体蝌蚪阿拉伯文。兔子们和璇璇做了功课，居然认识埃及数字。随便点了几样据说是埃及很有名的吃食，每样都十分难吃，也只能算是胡乱填了肚子，根本都算不上饱。

吃完饭，我们就回旅馆去办入住，并约好下午3点在大城堡见面，继续下午的行程。

旅馆给我们安排的房间真的太破旧了，若在中国这样的房间估计连每晚50元都没人去住，而我们通过Hostelworld订的，每间居然要120埃磅。其实到开罗自己去街上随便找一家旅馆，是根本不用这么贵的价钱的。

不过我们的遭遇还算好的了，兔子那边传来消息，说他们订的旅馆干脆就没房间了，把他们换到另一家旅馆去了！

下午，我们在大城堡的穆罕默德清真寺里闲逛，不断碰见埃及小姑娘，年龄大约十几岁吧，跑过来要求跟我一起合影。她们拿手机拍我的照片，问我的名字，又羞涩又热情，挺感人的。

我今天下午穿了裙子，齐膝长，露着小腿。清真寺就不让进了，必须花3埃磅租件长袍从头到脚都遮住才让我进去。我租了以后就跟兔子的老大还有璇璇换着穿。我们在里面脱了长袍，清真寺的管理员也就不管了，看来他们主要为收这3块钱租金。

清真寺真的很好，有很大且安静的庭院，满铺着大理石地砖，十分清凉干净。屋子里面积也很大，一群群人席地而坐侃侃而谈，屋顶吊灯金碧辉煌。这个穆罕默德清真寺是我进的第一个清真寺，印象很好。

今天最后一个行程是去哈里里市场。在大城堡门口打出租车，10块钱基本都不去，但最后我们还是打上两辆10块的。开罗傍晚还真是堵车，按行车时间和路程远近来算，其实10块埃磅是很便宜了。但埃及的物价总是那么不透明，一切皆可砍价，就总让人感觉不靠谱，担心自己被宰了，这种感受真不好。

著名的哈里里市场，基本就像中国的小商品市场，没什么可心的东西不说，价格还十分宰人，我们砍到十分之一都还不知自己亏了没有。我和璇璇一点兴趣都没有，加上肚子很饿，只想赶紧找家餐馆吃饭。无奈哈里里市场周边一切很贵，饭馆的菜单也都显得价格很高。皓哥请我们大家吃了晚饭，很丰盛，但依然没什么好吃的。

我们吃完饭后各自回旅馆，其实才晚上8点钟。开罗街头人头攒动，特别热闹，如旁人叙述的那样，一到夜晚人们都走上街头，熙熙攘攘。可我们受时差折磨一整天，困得眼皮都抬不起来，三步并做两步奔回旅馆睡了，明天一早还要去看金字塔。

12月25日

昨天兔子们就已经联系好一辆车，让司机今天载我们去看几处金字塔。这车还真出乎我们意料，车况很好，宽宽敞敞坐我们五个人。因出门太早没吃早饭，路过一个村子看到有人在卖埃及无处不在的全麦饼，就请司机停车带我们去买。2埃磅居然买了10个，可见没有当地司机带领的时候，我们买东西比埃及当地人买东西要多花多少钱。全麦饼配埃及咸菜，居然是我到开罗之后吃到的最好吃的东西。

我们今天第一站到的是红色金字塔。因为基本没有游客，我十分喜欢这个金字塔。它基本满足了所有我对金字塔的想象：高大、宁静、方圆，很远都没有人，特别荒凉寂寞。

这里还可以下到塔底去看法老曾经的坟墓，我和璇璇都不太想去，但他们三个坚决要下去，我们就跟着往里走了几步。然而我立刻后悔了，便改主意不下去了。跟璇璇出来后，看守这个墓门的老头非常热情地给我们拍照，还跟我们合影，然后要小费。我给了他1埃磅小费，看他实在态度很好，不好意思不给。

金字塔我们总共大概也就下去了十来米就上来了，可从那时起直到今天，都觉得诸事不顺。

一直有传说，凡是进过金字塔的人都会遇见各种不顺心的事或生奇怪的病，似乎受了法老诅咒，不知是不是真的法老很牛啊？

比如当天在去吉萨金字塔路上，我就发现我脸上又像在越南大叻时一样起了满脸的小红包包,于是整个后面的埃及旅行都只能拿左脸对着镜头拍人像;又比如到吉萨时就发现我的广角镜头的 UV 镜弄得粉碎,心疼至死……后来发生的很多很多的事,都十分不可思议地以悲剧的形式出现,直到现在我都在每天求法老宽恕我走进他的坟墓 10 米的错误。

离开红色金字塔,我们去了孟菲斯博物馆。一个躺在地上的孟菲斯石像,兔子们功课做得勤,跑来跑去看了很久,我倒没觉得有什么好看。不过璇璇今天已经受了我影响,换上美丽的裙装。我们俩于是在院子里大拍人像,十分怡然自得。

刚才在红色金字塔碰见的加拿大小伙子走上来跟我们俩打招呼,告诉我们去卢克索的话,也要提防埃及人不停索要小费,无论他们说什么,都不要答腔,非给小费的话,一埃磅足矣。

埃及人给外国游客的印象怎么这么差啊!我在来之前在国内看到的攻略上也都说埃及人这随时到处要钱的毛病,十分讨厌。现在连加拿大人也这么说,可见不仅针对中国人,埃及就是这样一个国度吧。他们有最古老繁华的文明,他们靠着祖上这点文明一直吃到今天。

之后去了阶梯金字塔。烈日当空,暴晒下的我没留下太深刻的记忆,只记得买阶梯金字塔门票的那个地方的厕所,是我在开罗去过的最干净、最先进的厕所,香喷喷的。

最后一站是最著名的吉萨金字塔,也是狮身人面像所在。我和璇璇、皓哥再也挺不住饥肠辘辘的煎熬,进去之前先在吉萨门外正对的肯德基吃午饭。很多人说这家肯德基是全世界最牛的肯德基,因为从肯德基二楼,有观吉萨金字塔的位置最好的玻璃窗,狮身人面像跃然眼前。

肯德基总算是全世界统一口味的吃食，虽然也不比国内的鸡肉那么松软可口，但毕竟比埃及食物好吃得多，但价格也挺贵。以前在越南、泰国、法国……都吃过肯德基，发现它就是个全世界统一价位，无论物价多便宜的地方它也不便宜，无论物价多贵的地方它也不算太贵，且口味还算专一，已经属于全世界最好吃的西餐了。

吃过这一餐，我和璇璇决定，在埃及的旅途中，争取每天都吃一顿肯德基，保证每天至少有一顿饭，是不会难吃得不能下咽的。

进去吉萨后，由于狮身人面像周围相隔很远就围了栏杆不能近前，加上下午时分烈日当空，尘土飞扬，我不知怎么就对这个世界第一大奇迹没什么好感，什么惊呆、震撼、震动、感动等词汇都没涌上心头。

倒是兔子老大给我读国家地理写的有关金字塔的描写，那些数学、几何、天文等方面的精确性天衣无缝，勾起了我对古埃及人民的敬仰之情。

无论多么美的风景，多么丰富的历史，如果当地的人文较差，游客的感受都不会好，也不会喜欢这个地方。

我一直坚持以为，走得地方多了，留在记忆里的不是那些风景、历史故事、也不是那些美食，而是遇见的人和发生的事。人对当地的感情，其实都是因与当地人的交往产生的：对当地人没有感情，对这个地方，自然就没有感情了。

恰逢下午，又逆光，照片也没拍了几张。对埃及游的第一站开罗，没有想象中那么满意。而且，我的广角镜头的UV镜不知为怎么粉碎了，我伤心地连拍照的兴趣都没了。

4点半就结束了今天的包车金字塔之旅，回到兔子们住的埃及博物馆对面的旅馆，他们坚持要去看苏菲舞——一种不停旋转的舞蹈；我们另外三人基本累得只想躺着，可已经退了房，也没地方躺，只能蜷在沙发上逗猫。

记得2008年，在意大利威尼斯丽都岛上住的老太太的家庭旅馆的那只大脸猫是多么招人喜爱啊，可埃及怎么连猫也显得又脏又丑呢？

坐了很久，我挣扎着站起身要去街上走走，璇璇于是也挣扎着跟上来。我们问了旅馆旁边一个卖纪念品的小店的大爷，他算是我们到开罗后遇见的最靠谱的大爷。他详细地给我们画了地图，哪里能买到邮票，哪里有邮筒，哪里有可能买到镜头上的UV镜。

我们按照他的指示真的买到了邮票，寄了明信片。但他所指的卖镜头的商场比较远，于是在我们去那个商场的路上就遇到了骗子。一个挺帅的小伙子十分友好地问我们去哪里，我们说想买镜头配件。他说他知道那条街，只要过一个路口就行。我们傻傻地跟着他穿过马路，又走了一段。他让我们进一家纪念品店，说要给我们留张他的店的名片。于是我们就知道上当了，他根本不知道哪里卖镜头，只是要引我们去他的店。

我们坚决没进他的店，在他所指的卖镜头的街上走了很久，只有卖卡片数码相机和游戏机的店铺。我们只好又问了一个店员，这人还算不错，走出来挺远指给我们一开始那大爷告诉我们的商场，说只有那家商场最大，有可能卖UV镜。

我们两人于是继续走，终于到了那家商场，楼上楼下都问遍了，没有UV镜，他们甚至连卖单反相机的柜台都没有——看来埃及人极少用单反，只用卡片机和手机拍照。

这家商场确实比较大，一层有个咖啡馆。璇璇说请我吃冰激凌，店员很礼貌地告诉我们没有冰激凌，我们只好喝了颜色鲜艳但不知是什么味道的果汁。

从这家商场出来，我们沿着最繁华的一条街走了走。走到一个街心环岛，就基本迷路了。开罗的街道全都差不多，每个街心都有一个环岛，都有一个铜像。这些铜像也都差不多，在我看起来都算一样的，有的挂个剑，有的骑个马，全戴帽子。

幸好街上熙来攘往人很多，我们也不太急，进了一家果汁店又喝了杯真正的果汁。我们又发现了一家甜品店，门口在排队买冰激凌。我们一人吃了一个蛋卷，味道很一般，但在埃及能吃到冰激凌已经令人感动了。

这家甜品店的商品看起来都十分可喜，我们拍了很多照片，打算在回国前再到这里来买些甜点和巧克力带回国去。

闲逛了很久，璇璇甚至试了条裙子，最后我们终于决定往回走，因为今晚还要坐飞机去阿斯旺呢。其实这里离我们住的旅馆一点都不远，问清楚了一下子就走回去了。

我们拿了行李打了辆出租车去机场，开始了此行最惊心动魄的车程。路上奇堵无比，昨天从机场到埃博用了十几分钟，今天我们10点半的飞机，8点15分从旅馆出发，硬是10点钟才勉强赶到机场。司机大叔左手拿着手机不停地打电话，一边用右手不停地拍打方向盘气得要命，可车流就是纹丝不动。

我们简直急得快背过气去，又担心大叔两只手里没有一只扶在方向盘上，别出了车祸。这一个多小时太惊心动魄了，对心脏承受能力实在是巨大考验。

到了机场，璇璇一反平日里羞涩的小模样，一马当先冲到柜台前找了个埃及帅哥说我们的飞机要晚了，不能排队 Check-in。帅哥估计是看上璇璇了，马上让我们把行李放在旁边，带我们去安检。

我看着堆在地上的行李箱，心里那叫一个不塌实。幸好事后证明，我们的行李还是平安地跟我们一起到了阿斯旺。而兔子们遇到了"二环十三郎"，他们 9 点多从苏菲舞处出发，出租车司机在超级拥堵的路上一路狂奔，居然也让他们赶上了飞机。难怪一上车出租车司机都先问我们的飞机是几点的呢，看来无论几点，司机想赶上，那就能赶上。

上了飞机之后，在一分钟之内，我们五个人全体昏睡过去了。发饮料的时候，我努力睁了一下眼，要了盒果汁迅速喝掉之后，又一分钟之内昏睡过去。

到达阿斯旺已经是晚上 12 点多，我们打了辆出租车去到订好的 Hathor 旅馆。我跟璇璇商量好明天一定要睡到自然醒，谁也不许叫谁。终于放心大睡了，到埃及也算两天，可就好像从没睡过觉似的那么累。

阿布辛贝庙，他对她的爱情永垂不朽

12 月 26 日

所谓自然醒，其实也就睡到 8 点钟。

外面开始车水马龙，我实在睡不着了，起来掀开窗帘往外一看，真是无敌河景房啊，虽然吵闹得就像睡在大街上，但窗下隔一条马路就是美丽的尼罗河。河面上早晨的阳光影射着金光闪闪，远远近近飘动着数座帆船，真的美丽。

在开罗不够满意的旅行经历瞬间被我抛到脑后，跟璇璇跳起来开始化妆打扮，打算今天好好悠闲地游荡拍照去。换过好几条裙子，好几件首饰之后，我们俩总算打扮停当可以出门了。

虽然从到了埃及之后就一直听说现在圣诞节是埃及最旺的旺季，什么都订不上，火车票买不到，飞机票买不到打折的，游轮全是四天以上的，但我还是不想就这么放弃我的尼罗河游轮梦。

已是上午 10 点多，我问前台可不可以帮我们联系三天两晚的去卢克索的游轮？前台找了一个旅行社的小伙子来，这个小伙子说他去帮我找，找到了给我发短信，留了我的手机号。根据我这几天来对埃及人的了解，我基本上觉得他这一走掉，就没戏了。

估计我们最后找不到游轮，只能包车去卢克索了。

我们又跟前台咨询，有没有明天去阿布辛贝庙的旅行团？因为来之前就听说去阿布辛贝要警车开道，没有公交车能到，连包车都很困难。旅馆前台建议我们报个短团，这样明天中午就能回到阿斯旺，如果找到了游轮的话还来得及上游轮。可我们觉得游轮的事十分不靠谱，就没报第二天的阿布辛贝团，造成当晚我们十分狼狈。

我们咨询完这么多事，已经中午12点了，兔子们已经逛了一上午的街回来了。

五个人于是一起去《LP》（一本旅行杂志）推荐的一家餐馆吃饭。这家餐馆估计已是当地最干净整齐的餐馆，但依然不时有苍蝇飞过。虽然摆了一桌子的盘子，还是没有一样东西可口，什么烤鱼、烤鸽子、烤羊腿、烤鸡，全部都很难吃。唉，埃及的食物啊，现在回想起来都很崩溃。

在吃完饭回旅馆的路上，我们终于第一次见到了传说中的甘蔗汁。清凉甜美太好喝了，这个甘蔗汁在后面我病倒后，简直起了救我一命的重大作用。

下午，我们决定包车去飞来寺。本来去阿布辛贝的长团是包括飞来寺的，但一来我们基本决定明天报个短团，二来今天下午也没什么事，索性先去飞来寺看看。

这个决定真是太英明了，因为飞来寺是我在埃及看到的最好的寺庙，宁静安详，花团锦簇。我们打的这个出租车实在太破了，窗户玻璃都摇不上来，车内摇玻璃的手柄只剩个螺丝把儿，我拽着玻璃往上拖了半天也拉不上去，于是头发被风吹得像个疯子司机小伙子看着我哈哈大笑,把车停路边,直接抄起一把扳子到我这边的车窗户外面,拧啊拧,终于把玻璃摇上去了。

我们于是一起鼓掌欢呼,他就笑呵呵问我叫什么名字,然后说:"I love you。"早听说埃及的男人们对女性都过分热情,一个女生单独走在街上,随时就会有男人迎面走来说"I love you",或者"Be my wife",或者"Will you marry me?"

这是我到埃及以来第一次听到这么热情的话,立刻引起警惕,说"I don't love you"。

小伙子就一直傻笑,但再没说过话。兔子老大说我伤害了他的心灵,所以他不再跟我们说话了。我心想就他那点英语,估计只会说"Ok""Thank you"和"I love you"吧。

到飞来寺门口,我们看看周边挺荒凉的,估计一会儿走的时候不好打车,就跟司机商量能不能在门口等我们出来再拉我们回旅馆去。

这一商量可费了大劲了,因为他那英语水平实在太令人崩溃了。我们轮番跟他沟通,基本都败下阵来。

最后,他去问了门口坐着晒太阳的几个看似黑社会老大的人,终于那老大说,司机送我们过来是 20 磅,如果等我们再拉我们回去,就要收 50 磅。

我们很困惑,双程为什么要比两倍单程还贵呢?通常不是这样的啊:如果单程 20,那双程岂不应该 35?反正他就是没商量,看门口似乎也根本打不到别的车,怕一会儿出来麻烦,我们最后只好 50 磅成交。

飞来寺在一个岛上,进门后必须坐船才能上岛,于是所有人为了坐船去跟几个会英语的人砍价。在埃及所有的商业机会基本都是如此,总有那么几个会讲英语的人代表一切商家跟外国游客砍价,砍好以后换一个不怎么会英语的人来做这单生意。

比如机场总有会讲英语的人给出租车拉生意,但最后司机都不是他,而是个基本不会英语的人。这船生意也一样,开船的人都看上去很老实,静等在一旁,这边外国人跟几个会英语的黑社会般的混混砍价砍得不可开交,谈好一单就有艘船开过来载这帮人上岛。

我们五个人声势比较浩大,从对方开的10磅/每人直接砍到5磅,旁边两个香港人于是过来问可不可以跟我们一起,最后七个人真的以每人5磅成交。这两个香港人用英语赞扬我们太能干了。

皓哥很不以为然地说,既然都是中国人,为什么还要讲英语呢?真是到了埃及跟不太会讲英语的埃及人吵惯了,都不习惯说中文了。

上了岛,飞来寺就那样安静、美丽地呈现在眼前。我对形容景色一向词穷,也说不上来它到底好在哪里,反正我就是最喜欢它。寺里没什么游客,环寺都是鲜花,周边是水库的清水,日落时分巨大的廊柱的倒影令人感到震撼。

我和璇璇没有白穿那身漂亮的裙子,在夕阳的映照下,我们拍了很多人像照片,感到由衷地快乐。回去门口时,那辆破出租车果然在等我们。我们都坐好后,不知司机还在鼓捣什么。我忽然听到嘿呦嘿呦的声音似乎在喊"加油加油",一看后面两个小伙子正推车呢。最后这车总算打着了火,原来它熄火后要靠推的才能打着火呀。

回到旅馆，下午6点，兔子们打算去做FLUCA——就是尼罗河上的帆船。我和璇璇不太感兴趣，对游轮还没彻底死心，赶紧跑回旅馆去问前台游轮的事有消息了没有。

没想到明天去阿布辛贝的团都没有了，我们只能自己包车去了，价格贵不止一倍不说，现在是最旺的旺季，可能都找不到车了。这个打击无疑是晴天霹雳，阿布辛贝庙太有名了，到了埃及如果没到阿布辛贝，简直会被人耻笑等于没来过埃及。这下难度来了，有可能面临阿布辛贝和游轮不能两全的选择。兔子们热心地帮我们去打听明天报团的事，结论是只剩最后两个名额，然后他们就一家一家旅馆问能不能联系到包车。

我和璇璇沿着尼罗河一个游轮一个游轮问过去，问有没有3天两晚到卢克索的船？最后我们疲倦地快要晕倒，又看到了救命的肯德基，依然无敌地坐落在美丽的尼罗河岸边，装修还十分时尚豪华。我们于是买了两个汉堡坐在河边的餐台上吃，如果不是心情那么焦虑的话，其实还是满享受这一餐的。

此时旅行社那小伙子居然真给我发来了短信，说他找到了一个三天两晚的游轮，但是双人间要住三个人，问我们要不要。

兔子们肯定是不坐游轮的，正好剩我和璇璇、皓哥一起坐。我赶紧回短信说要，但我们得先找到明天去阿布辛贝的车才行。

这下找明天的车的任务就更重了，璇璇去跟兔子们一起确认车的事，我去旅行社找那小伙子确认船，随时短信联系。

现在回想起来当时的场景，完全就像打一场大仗啊。那边璇璇的车迟迟不能确定，这边我又怕这个唯一的游轮双人间被别人抢走。

　　我在旅行社里坐立不安，此时已是晚上9点，旅行社依然有三个小伙子在加班。说实话他们都挺帅的，但我当时那心情，那顾得上看他们帅不帅啊。

　　他们也看得出我十分焦虑，都不敢惹我。最帅的那个在吃晚餐，问我要不要吃，我说不吃别烦我。帮我联系船的那个帅哥最后都不敢问我什么时候能确定了，因为他一催我，我就用含着眼泪的眼睛看着他。他们仨十分崩溃，在我面前大气也不敢出，说话都躲到另一间屋子里去说，生怕刺激我。

　　终于，璇璇那边来短信说确认了明天的车没问题了，我立刻跟小伙子确认明天的游轮，马上去隔壁交钱。我一看收钱的这家旅行社的老板，居然就是我们住的Hathor旅馆的老板。他一边开旅馆一边开旅行社，真是做足了外国人的生意啊。

　　车和船的事定下来之后，浑身立刻像虚脱了一样累，三个帅哥也终于敢大声说话了。帮我联系船的那个小伙子带着我和璇璇去看船，果然跟我梦想的游轮差不多啊，非常豪华现代。船上走来走去的是各个不同国家的游客，前台的服务生穿着很体面的白衬衣，船舱里装饰着圣诞节的各种饰物，餐厅里还有人在用餐，空气中弥漫着美好的味道。

　　我们十分满意，带着对明天即将开始的游轮之旅的美好憧憬，赶紧回旅馆休息，因为明天早上3点要出发去阿布辛贝庙。本来打算今晚8点就睡的，结果折腾车和船的事折腾到9点多，还要取消我订的卢克索的一天住宿，因为坐船我们会比之前计划的包车的行程晚一天到达卢克索。

　　在旅馆的唯一一台电脑旁等了很久，有一位用电脑的女士正在用英文写信。看我一直等在旁边，说她买了一小时的上网时间，还有半小时才到点。

我只需要发一封信，实在犯不着买一小时。我四处环视了一下，有个长得比较像中国人的小伙子，便上前问一句，果然是一个在德国的中国留学生。我说能否借他电脑发一封信，他说没问题。一切就绪终于去睡的时候，已经10点多了。我们睡不到五个小时，就得起来去往阿布辛贝庙了。

旅行就是有这么多不确定性。今天真累，不过结果还不错，我们毕竟又可以去阿布辛贝，又能坐到游轮啦。

12月27日

凌晨2点半，我这辈子也没起过这么早。

起来后，旅馆真的如约给我们准备好了早餐，其实就是几根法棍面包、几小盒果酱和一个煮鸡蛋，但已经很贴心了。

昨天约好的司机总算没有食言，真来接我们了。说实话，到埃及至今，对埃及人所说的任何话我都不敢太相信，总觉得他们答应好的事，也完全不靠谱。

说是3点出发，其实是3点上车。一辆一辆旅行社的大车和一堆私家车在城边排队集合。这队一排就排了一个小时，真正开车出发，已经4点了。

天气很冷，去阿布辛贝要穿过大沙漠。我又冷又困，想睡还睡不着，看人家皓哥和璇璇都能睡会儿，羡慕得要命。

天边逐渐泛红了，我从来没见过沙漠的日出，赶紧盯着天边看啊看。可我看了半小时，还是红色的天，什么都没发生。我说肯定今天阴天，地平线上有云挡住了太阳，估计我们是看不到日出了。

没想到我刚说完这话，太阳突然就从已经大亮的天边出现了，先是半个，慢慢变成整个，居然被我们看到了完整的沙漠日出，好运气啊！

原来沙漠日出真的跟我以前见过的海上日出不同：在海上，天都是黑的，然后像鸭蛋黄一样的太阳从乌黑的海面上渐渐升起，天空才亮起来；而沙漠中，天边红了很久，天都已经大亮了，鸭蛋黄一样的太阳居然能从这么大亮的天边也一点点升起，晴天白日的出太阳，很是奇观的景象。

大约7点半多，我们到了阿布辛贝。

在网上办的国际学生证在埃及真是有用，买所有的门票基本都便宜一半。尤其是像阿布辛贝这样门票超贵的地方，特别满足我们又热爱旅行，又舍不得花钱的心态。

坐了四五个小时的车赶紧去厕所，便见到了埃及厕所的"奇观"。"不看不知道，世界真奇妙。"只见男女老少共同进同一个门，女的进了各个单间，男的就直接在单间旁边的小便池动作起来。就像是男女一同走进咱们国内的男厕，既有单间又有小便池。于是，所有女人如厕之后必须经过男人们身边走出厕所，大家目不斜视，感觉很不好意思。我只能感叹埃及人在厕所这方面真开放！

我们终于没能如愿地跑在大队人马之前冲进阿布辛贝，当这个我心目中埃及的象征——我最想见到的埃及伟大庙宇呈现在我眼前的时候，下面密密麻麻都是人群。这样的场景减少了许多我对这所庙的好感，不过总胜过对金字塔的印象。尤其是听璇璇娓娓给我讲述建造这所庙宇的拉姆西斯二世的事迹时，我对这所庙就更加喜爱了。

据说在拉姆西斯二世之前，女人在埃及古老文明中是很没有地位的。以前的所有神庙都把女人的神像建在男人脚边，比如某皇帝的像高50米，他老婆的像就在他脚边建个10米高的小人像完了。

可拉姆西斯非常爱他的老婆奈菲尔塔利，为了让全世界人民知道他对他老婆的爱情，他让纤夫在尼罗河沿岸的高山峭壁上，都刻上"拉姆西斯与奈菲尔塔利的爱情永垂不朽"等字样；在他的神庙阿布辛贝庙，他命人把他老婆的像放到跟他自己一样高，甚至在旁边给他老婆单独建了个神庙。

看来无论中国还是外国，总有爱美人的皇帝，中国的唐明皇、埃及的拉姆西斯二世、英国的爱德华，他们对女人的爱高于一切，于是他们跟其他皇帝不一样，于是他们的爱情故事流芳千古。作为一个皇帝，全天下女人都是他的，但他却能一生钟爱一个女人，大概真的是件不容易的事吧。

埃及古老文明的灿烂在阿布辛贝庙被无以伦比展现出来，由于修尼罗河水坝，阿布辛贝面临被淹的危险，多国科学家经过精密计算，把整个庙往高吊了一些。以前墓室里每年只能进一天阳光的那个小洞，虽然被吊高后依然每年只能进一天阳光，但往后推迟了一天，不再是拉姆西斯二世生日那天进阳光了。埃及人在几千年前数学就好到这个程度了，他们算这一天的阳光的角度算得可真准啊！

9点半结束了阿布辛贝庙的参观,我们惦记着下午2点前要上游轮,赶紧往回赶。来的时候车队要编队走,回去的时候居然也要编队。车行速度很慢,沙漠里的路一马平川跟新疆似的,但是车速也就每小时五六十公里吧。我们示意司机超车,他说那可不行,第一辆车看来是所谓的警车吧,谁都不能超过他。

早晨2点半就起床,赶了一夜的路去看这个庙,回程实在太困了,我们仨都睡得昏昏沉沉的。忽然璇璇指着沙漠边缘说那是不是海市蜃楼?我们看着沙漠边上的大片水,真的很像大海啊,太像了,那是不是就是大海呀?司机用基本听不懂的英语加上手势告诉我们,那不是真的,那是太阳和眼睛的作用下,看起来像水,其实还是沙漠。

我们立刻激动起来,这岂不就是传说中的海市蜃楼嘛。我立刻拿相机拍了很多照片。由于车队不许停车,所以照片质量都很差,不过还是能看出沙漠边上的大海的,我此生也算见过海市蜃楼了。

这趟阿布辛贝之旅,虽然早上2点半就起床,甚是辛苦,但是见证了拉姆西斯二世的伟大爱情和海市蜃楼,还是十分值得的。

回到阿斯旺市,已经中午1点半了。帮我搞船票的那个小伙子早就在等着送我们上船,他说我们可以去船上用午餐。于是就在午后烈日下,我们提着大小行李上船了。

房间非常不错,皓哥很绅士地住了加床,我和璇璇睡大双人床。放下行李后,我们立刻奔去吃午餐,大概时间太晚了,餐厅已经基本没人吃饭。服务生说我们只能坐在最外面一排靠窗户的那张桌子,对面坐着个肤色较黑的大爷。一顿饭的时间里,他不停地跟我讲他到处去旅行的故事。我们有很多共同去过的地方，比如越南，比如意大利的 Murano 岛等等。

他去过的地方确实很多，也是个狂热旅游爱好者。他邀我去他房间看他到处旅行的照片，但由于我早上 2 点多就起床现在困得都睁不开眼睛了，只好婉言谢绝，跟璇璇回房间睡了。

皓哥确实绅士，自己一个人拿本小说跑到顶层甲板上去看书，并跟我们说，哪里也不如甲板上舒服啊。

一觉睡醒，我感觉胃里特别难受，不知是不是中午有什么吃不合适了，还是刚吃饱就睡了。跟璇璇拿着相机满船跑着拍照的时候，我就觉得有些体力不支。

皓哥告诉我们，这条船上有个中国旅游团，导游是个说中文的埃及小伙子叫小伟，这个团的成员是一群华为在尼日利亚公司的员工。看起来华为的福利真不错，能奖励这么年轻的一帮员工来埃及玩。

7 点钟，船停岸边，导游小伟让我们上岸去看一个庙，叫做 Edfu 神庙，是供荷鲁斯和另一个什么神的。

夜晚灯光下，神庙十分好看。有了小伟，我们的神庙之旅终于有了些意思。因为他讲中文，我们可以听懂他讲的故事，还有那些庙内设施的含义，因此更加敬佩埃及人的古老文明。

我们再回到船上，就开晚饭了。我的胃特别难受，什么都吃不下，便随便吃了几片水果，到中间客厅的沙发上坐了会儿。恰好遇到小伟，我跟他聊了会儿天，问他是不是埃及人都有四个老婆；他说埃及人可以娶四个老婆，但是傻子才娶那么多老婆呢！他的理想是一个老婆也没有，但是有无数个女朋友。我瞠目结舌看着他，原来埃及男人的思想如今也这么先进啊！这不是跟咱们中国大城市的某些男人的理想一样么？

璇璇也开始胃疼了，我们怀疑是不是咱俩晕船呀？这么豪华的游轮，咱们还没这个富贵命坐。

我勉强支撑着去中午邀请我的那个孟加拉大爷房间看了他拍的旅行照片。他去过的地方的确真多，遗憾的是他只用个卡片机，对于我们这些已经深陷单反的人来说，卡片机的照片质量已经完全不能吸引我。

但是这位大爷自己一个人住一间房十分爽，我于是跟他借了多余的一床被子，这样我和璇璇这两个病女人，至少晚上可以睡得舒服点，不用因为抢一床被子而在夜里被冻醒了。

这一夜睡得真难受，胃里翻江倒海的，才到埃及第四天，我已经开始生病了。

尼罗河游轮，这里满足了我童年对富贵豪华的所有幻想

12月28日

早上6点钟，电话就把我们吵醒了，我们去岸上看一个庙。我真没用，居然都不记得这庙的名字了。

这个庙离船靠岸的地方比较远，一下船就有很多马车等着载我们去庙里。又是一场不靠谱的砍价，从150磅砍到50磅，我依然觉得是给多了。

赶马车的小伙子很高很帅，皓哥和璇璇坐后面车里，我坐在小伙子旁边。他把马缰给我让我赶车，结果旁边路过一辆大卡车，马就惊了，我几乎吓个半死。马儿跑得还挺快，20分钟就到了庙门口。看埃及神庙到今天，已经基本上审美疲劳了。这些庙布局也大致一样，都有很高的大门，门边两个高大的神像，进去后一路到底有个墓室，墙上都是壁画，像我这样对各国历史模糊不清的人，看起来这些壁画也好，庙也好，其实都差不太多。

璇璇今天胃疼得很严重，脸色蜡黄，连拍人像的兴趣都没有了。我们仨很快回到门口坐马车回船，途中又见到了三辆像泰国一样的那种公共汽车，大家伙都吊在车外面，看起来极其危险。

不过上下车倒真方便，根本不用停车，直接跳下来就行了。

回到船上就吃早餐，我今天胃倒是好多了，但看着那些埃及食物也还是提不起一点兴致，随便拿了些饼干。我想吃个煎蛋，可那边很多人排队在等，所以我只能排队。

埋头煎鸡蛋的大叔正专心工作着，抬头忽然看见我，立刻绽放出花一样的笑容。我非常疑惑地前后看了看排队的这些人，他真是在对着我笑呢，就像是见了熟人似的。可我真的是第一次见到他啊，难道他的审美观是亚洲款的？

孟加拉大爷听说璇璇病了，非常关心地说他屋里有油，专门给胃病的人外敷的。我脑海里闪现出周星驰电影里的印度神油，心想还是算了，印度跟孟加拉离得也不远吧，别乱尝试印度神油了。吃完早餐，我就又犯困了，赶紧回屋躺倒睡个回笼觉。

今天璇璇是彻底倒下了，根本爬不起床来了，我和皓哥只好很无聊地去吃了午餐。

前台的船员阿克罕姆，非让我在网上给他写好评，原来这些埃及游轮跟Hostelworld一样，是需要住客写评价的。我们俩着实折腾了很久，就是无论如何也注册不上我的名字。我所以记得他叫阿克罕姆，就是因为开始注册我的HELEN怎么注册不上，他就说那给我起个名字叫"Akham love Helen"吧。我心想，他算不算占我便宜呢？

不过埃及男人大多这样，一见面先说"I love you"，也就不跟他计较了。搞了很久都注册不上，我说一定是你那网站有问题，我记下这个网站的名字，回国后我自己注册了去写好评吧。

他讪讪地说那好吧,看起来一副不信任我的样子。不过我确实辜负了他,我真的忘记那个网站的名字了。刚回国时我是还记得的,到现在是彻底忘了。

对不起,阿克罕姆,当初起名字时你算占了点便宜,现在我没给你写评价,扯平了。

今天下午,我实在是睡不着了,就也去甲板躺在躺椅上看书。

下午艳阳下的尼罗河还是挺美的,只有河边宽约10米有树木,树木后面就是连绵不尽的沙漠和丘陵。岸边有孩子们在踢足球,还有放牛娃骑着牛悠闲地漫步。

我跟华为那个旅行团的小孩们聊了会儿天,看他们年龄最多不过二十五六岁,就有机会来埃及这个古老国度旅行,也算够幸运。

4点钟,甲板上有下午茶。我端了杯咖啡,拿了几片饼干,坐在小伟对面,问他有没有熟悉的中餐馆?小伟给我写了个卢克索中餐馆的名字,告诉我这个餐馆在一家豪华酒店里,是埃及最好的中餐。下船后,我无论如何也要吃顿中餐,真是受够了埃及食物了。

我满怀期待地把小纸条藏好,继续去躺椅上躺着。傍晚时分,璇璇挣扎着上了甲板,躺在我旁边,说如果今天下午她不来一趟甲板,那整个尼罗河游轮之旅,她就会错过在甲板上能看到的一切风景。

我们两个病歪歪的女人裹着毛毯躺在躺椅上,都不知道这尼罗河游轮之旅到底是快乐还是悲伤。

夕阳西下,气温开始下降,又刮起了小风,甲板上的人们纷纷下到船舱里避风。璇璇勉强拍了几张夕阳和一个正在打电话的埃及小帅哥后，终于也抵挡不住夜凉如水下去了。

我看着岸边渐渐亮起的灯光，一个人又躺了两小时，听着音箱里那首《她来听我的演唱会》发呆。直到夜幕彻底降临，直到音箱没了电，直到我觉得冻感冒了，才去餐厅吃晚餐。

这两个小时的独处很美，但却给我后面的埃及之旅留下了无尽的麻烦，因为我是真的冻感冒了。后来病情发展成上呼吸道感染，低烧，持续不好。直到回国后一个月才算慢慢康复，也算埃及留给我的烙印吧。

璇璇依然在屋里昏睡，给她拿了晚餐她也什么都不吃。晚上9点，酒吧有肚皮舞和苏菲舞表演，我决定去看看。

童年时看过电影《尼罗河上的惨案》后，在尼罗河上乘坐游轮，是我一直深藏心底的小小心愿。电影里那座游轮，曾经满足了我童年时对富贵与豪华的所有幻想。我们这个游轮也确实没辜负我的期望，真的就跟电影里的游轮一样，估计比那个还要豪华：地下一层和一层是客人住的客房，二层一半是客房一半是餐厅，三层一半是酒吧一半是半露天的茶座，再上面半层就是甲板了，甲板上有一个长宽都只有两米左右的游泳池和许多躺椅。

这游泳池不如说是泡澡池，下午真有外国人去这个池里泡着，也真有外国人穿着比基尼躺甲板上晒太阳，而当时的温度我和璇璇裹着毛毯躺在躺椅上也一点不觉得热，外国人体质跟咱们就是不一样。

8点半，我去酒吧里占座位，等着看苏菲舞表演。但一个人势单力薄，很快就被一群红色皮肤的大妈们挤到角落里。

这群大妈来自爱尔兰，对埃及旅行十分兴奋，其中一个很友善地告诉我苏菲舞特别好看。不过一开始，先表演肚皮舞，一个满身肥肉的年约半百的女人跟着鼓点浑身乱颤。的确是有本事，她想让哪块肉动，哪块肉就能动，估计不胖成她那样，还真挺难实现的。

舞蹈最后环节，她随机选了几个女孩上去跟她一起跳，居然就挑中了那几个华为的小姑娘还有我。一群既不凹也不凸，前后都什么也没有的中国女孩，哪里跳得了肚皮舞啊。跟着她一通乱扭之后，我们大家基本都岔了气，败下阵来。我跟其中比较瘦的那女孩说，咱们身上真没料，再怎么抖也没戏。

苏菲舞真的好看，一个小伙子连续转半个小时，他竟然不头晕，太令人佩服了。等他下场我跑过去问他怎么弄的？他说只要盯着一个地方就行。我自己试了试，按说我也算有点舞蹈功底的，当年在舞台上也是可以连转数圈不会头晕的了，可今天转了几圈就天旋地转。不知是年纪大了功夫不比从前，还是身体状况太差，不转我都已经晕了。

10点多回到船舱，璇璇依然在昏睡。可怜的姑娘，一共三天两晚的游轮，她除了第一天下午跟我跑上跑下拍了点照片之后，就基本上一直睡着。皓哥还说她算够幸运了，因为游轮是我们此行住宿条件最好最舒适的地方，她能病在游轮上，已经不错啦。

卢克索，我终于遇到了我喜欢的埃及男人

12月29日

早上真的是睡到自然醒，9点钟才起床，我们收拾停当都已经10点了。

我们的如意算盘是，吃过早餐后就Check-out下船去卢克索，可没想到人家早餐竟然已经结束了。我觉得这船上最好吃的，就是早餐的煎蛋和面包点心啦，真是舍不得，于是飞奔着去餐厅看能不能找点剩的东西吃。

恰好遇见昨天笑得像花一样的大叔，我说我还没吃饭呢，能不能给我煎个鸡蛋吃啊？他为难地想了一下说："好吧，那你要几个？"我说"四个"。他立刻把眼睛瞪得老大，说你一顿早餐吃四个鸡蛋？

我看着他疑惑的表情，心想这大叔昨天还是喜欢我的，今天听说我这么能吃，估计再也不喜欢我了。但我要给璇璇带两个鸡蛋回去吃啊，没有办法，就让大叔以为我是个吃货吧。

餐厅已经关门，我带着两个煎蛋上楼去酒吧，又跟酒吧的小伙子要了两个面包吃。反正这游轮我这辈子也就坐这一次，就不

那么在乎面子了，吃饱了要紧。

　　大约上午11点钟，我们三个下了游轮。其实游轮昨晚就已经抵达卢克索了，我们就硬是在船上又多住了一晚。

　　上岸的地方十分偏僻，订的酒店还在荒凉的西岸而不是繁华的东岸。路边等活儿的几辆出租车开口就是100多埃镑去西岸，我们觉得实在太贵。有小公共停下来，那些趴活的司机又上来喊着不让小公共拉我们。

　　我们认为等活儿的这些人里，那个会讲英语的像个黑社会老大，只要有他在，什么车也不敢便宜拉我们走。于是我们背着包，拖着行李走了好远，终于打上了一辆路过的出租车。开车的大爷也不肯拉我们去西岸，说开车过去绕太远了，建议我们去码头坐摆渡过去。

　　我们眼睁睁地看到在摆渡售票的人卖给埃及人25皮，却要我们1埃镑（1埃镑等于100皮），也就是说我们要付四倍于埃及人的价格坐轮渡。但是没有办法，这就叫内外有别吧。

　　轮渡也就是坐五分钟就到对岸了，但西岸的气氛跟东岸就完全不同，东岸好歹还像个城市，西岸就彻底像个农村。

　　从轮渡码头到我们住的客栈有两公里的路程，我们于是又打了辆出租车。司机问我们要不要明天去国王谷，我们很愉快地谈好明天的价格，60埃镑他带我们玩一天，把国王谷所有景点都走到。这价位比我们以前在网上看的最低80镑的价格还好，我们真挺幸运的。

　　当初我在Hostelworld上订这家酒店时，没注意它的地点在西岸，造成我们在卢克索住了两晚十分荒凉偏僻的西岸，不过旅途中永远都有想不到的收获。因为这两晚，我得以近距离地接触非旅游景点的埃及人，获得了很多没有预想到的乐趣。

酒店的老板是个很具有冷幽默的人，说话从来不笑。看似很严厉，不过后来却证明他拥有常人没有的幽默感，跟他近距离生活的人，一定会比较崩溃。

放下行李后，我们立刻出发去著名的卡纳克神庙。来埃及前见过的所有图片中，卡纳克神庙的图片最打动我，因为这个神庙里有湖——只要有水的地方，就会显得生动，这是我一贯的审美观。

卡纳克神庙面积很大，那个湖的确很美。湖边倒映着一些棕榈树，有点像柬埔寨的小吴哥寺。

我和璇璇再次发挥我们永不会消退的人像热情，在湖边拍了无数我们自己的照片。如果这次旅行没有璇璇，不知我会觉得多么寂寞。

从卡纳克神庙出来才下午3点半钟，我们已经饿得前心贴后背，赶忙去了小伟推荐的那家全埃及最好的中餐馆。

这家中餐馆在一个很豪华的大酒店里，璇璇一下子就爱上了这家酒店。我们问了每间标间是96欧元，如果比起欧洲的70欧元两人间的青年旅舍，按说也真不贵，但跟我们住的每晚几十埃镑的客栈比起来，还是太奢侈的享受了。

人家中餐馆从下午5点才开始营业，我们仨再也走不动了，就在酒店的游泳池边的躺椅上休息，看夕阳逐渐落山，尼罗河里的帆船此起彼伏。

终于耗到4点45分，又进去中餐馆。服务生说可以点餐了，估计看我们实在饿得不行了，同情我们，早一点给我们开灶吧。

我们点了据说外国人都做得比较好的宫保鸡丁、烧茄子和青椒牛肉还有鸡丝面。只有烧茄子很好吃,其他菜实在一般,看来埃及人学做中餐的厨师比较少,但再怎么说也比之前吃过的每顿饭都好吃多了。这一顿饭花了120埃镑,估计对于埃及人来说,就像咱们在北京去了趟马克西姆一样奢侈吧。

饭后,天已经全黑,外面刮起了大风,我们沿着岸边的卢克索神庙逛周边的小纪念品店。我买了几张明信片,皓哥买了一些看上去特别像中国制造的铅笔。

夜风越刮越冷,我们又坐轮渡回西岸。从轮渡码头到客栈的那两公里路,天黑了以后还显得挺长的。我们好不容易搭上一辆像小公共一样的能坐至少十个人的车,居然也只收了我们每人1埃镑就把我们送回客栈了。

明天要去埃及文化发源地,卢克索西岸的国王谷游览。晚上璇璇临时给我恶补讲些埃及神话故事,而我,在来到埃及六天后,才开始对埃及神话感兴趣。

一个人神合一的男人,娶了一个普通女人做老婆,生了四个孩子。老大和老二是儿子,老三和老四是女儿。然后老大娶了老四,老二娶了老三。

老大继承父业做了国王,一统埃及天下。老二于是十分妒忌,找机会把老大害死,把尸体四分五裂后扔到埃及各处。老大的老婆老四于是跟老二的老婆老三一起去到处把老大的尸体的每一部分找回来,请埃及当时最著名的所有法老一起念经,神奇般地复活了老大,并成功地跟老大生下了儿子荷鲁斯(我能记住这名字真不错了,其他那四兄弟姐妹的名字是都记不住了),然后把老大的尸体安葬了。

荷鲁斯长大以后，去找当初害死他爹的老二报仇，当众杀死他，然后统领埃及，进入埃及的盛世。

12月30日

昨天约好的司机，果然8点准时来接我们，等我们结束了早餐后就开始了今天的西岸之旅。

这位司机小伙子今天特意换上了崭新的白色穆斯林长袍，车里放着愉快的埃及音乐，让我们对今天的旅行充满了期待。

第一个景点，他先带我们到了孟农神像。他说等下午回来路过的时候再留时间给我们拍照，可我看了一下光线，早晨的朝阳现在正照耀在神像上给神像镶了一道金边，非常美。于是请求司机停五分钟，我们现在就去拍几张照片。

五分钟后，我们继续出发去国王谷。在埃及人眼里的遥远的国王谷，其实距离我们住的客栈车程也不过一个小时左右。

司机跟我们约好两小时后在门口等我们，然后拉我们去吃午餐，说我们可以把照相机放在他车上，因为国王谷里不允许带相机进去。我们犹豫了一会儿，还是决定把相机装在包里带进去，到时不拿出来拍照好了。

果然，门口的保安告诉我们进去不可以拍照，但是并不管我们把相机带进去。我们先坐了个电瓶车到谷口，然后就全是徒步了。

从昨晚的大风开始，气温就已经下降了。今天感觉比前两天冷了很多，而且这国王谷就像个大采石场，尘土飞扬非常脏。

我和璇璇昨天还穿着吊带裙在卡纳克神庙里拍人像，今天就不得不穿着外衣，裹着头巾，全副武装地抵挡国王谷里的大风和沙尘。

璇璇拿着本国王谷的介绍图册，选择了三个墓进去看。每个墓还真是各有特色，有的壁画特别精美，有的结构比较奇特，有的面积十分宽广。

　　不过进出任何一个墓，都需要上下很高的台阶，我们仨很快累得要死要活。

　　两小时后，我们出门去等车时，都觉得欣赏这国王谷真的够了，看三个墓已是极限，还是请法老们安息吧。

　　去门外等我们的出租车，我们就遇见了埃及行最匪夷所思的事情，我们按约好的时间出来，但是我们的车却不在。等了四十分钟后，这车依然毫无踪影。最后我们都不得不相信，那辆车不会再来了，司机就这么把我们甩了。

　　真不明白这司机到底图什么啊？从昨天下午就跟我们说好，今天带我们游一整天西岸。今天早晨他特意换了崭新的白色长袍来接我们，刚才还说会带我们去吃午餐，最关键的，我们还没给他一分钱呢，他为什么就这样把我们甩了呢？

　　旁边一对俄罗斯情侣看我们等得可怜，答应让我们搭他们包的车去哈齐普苏特女王殿。回去的途中，跟我和皓哥约好明天一起包车去阿拜多斯。

　　今晚，璇璇就要坐飞机回开罗，明天她一早的飞机就回国了，所以明天只剩皓哥和我在卢克索（兔子们因为从阿斯旺就没坐游轮，所以只能后面到达哈布才会重新跟他们会合）。

　　哈齐普苏特女王殿门面挺宏伟的，国王谷这边的殿都是几千年前法老们的墓地，年代太久远，都显得有点过于残破了。我个人觉得，这里不如飞来寺和后来的哈特神庙好看。

　　在女王殿，我们遇见个看门人，打开围着的护拦叫我和璇璇进去拍照，然后要求跟我们拍合影。拍照过程中他就趁机揩油偷偷捏我们的腰，当时我跟璇璇狠狠地瞪了他然后离开。他索要20镑小费，我给了他1镑。我们不揍他就不错了，他还敢要20镑呢！

来埃及之前，看过很多攻略说，女孩子单身一人去埃及一定要小心，埃及男人就是会这样占女孩便宜。怒喝他们扬长而去他们倒也不恼，我看就是欠揍。

我们没有车了，只好在女王殿门口打了辆车去拉姆西斯二世墓，跟这个爱情永垂不朽的法老还真是有缘啊。不过看他在阿布辛贝的神像，他的确是一个非常高大英俊的国王。这样的男人，如果一生只钟爱一个女人，就更显得珍贵了吧。

跟出租车司机谈好到拉二墓10埃镑，可途中他说买票的地方和进门的地方离得很远，所以我们这10镑他只能送我们到售票处，需要再给他10镑他才再把我们拉回大门口。

我今天真是生气了，每天这么永无止境地跟埃及人讨价还价，明明谈好的价钱，他们随时变卦，要加这个钱加那个钱，加上我今天感冒已经变得很严重。在游轮上独自度过的甲板时光，现在已经变本加厉让我尝到了苦头，嗓子巨疼，说话都困难，还不时咳嗽，身体特别不舒服。这种状态下我还要跟埃及人吵架，烦死了。

于是我大吵大闹地让司机停车。我说我们下车，不坐你的车了，想多要10镑那没门。司机看我真生气了，就软下来说算了，他是个好人，他希望每一个外国人都在埃及有美好的旅行经历，他愿意先带我们去买票再送我们去门口，只要10镑不加钱了。

在拉二墓，我们又碰见了那对俄罗斯情侣。他们穿得很鲜艳，女孩穿着埃及本土的裙子，很美。

我遇见一位也拿尼康单反的大爷。他见我用的是广角镜，激起了大爷的好胜心，从相机包里取出一个70—200的大长焦头跟我显摆。

恰好那边有个讲英语的导游，我和璇璇忙凑过去听免费的讲解。这个团是从奥地利来的，一个中年男人很努力地跟我们搭讪，说他们晚上要去尼罗河边的什么酒吧喝酒。我看得出他是多么想约我和璇璇晚上一起去玩啊，但他的英语实在不够灵光。我们俩就是装傻充愣地假装没听懂，然后嘻嘻哈哈地跟这男人告别，带着男人留恋的眼神扬长而去。

在拉二墓门口又打了辆车去轮渡，直接去东岸吃午饭，这回花了20镑车费。也就是说，我们今天总共花了30镑就把西岸玩遍了。我们仨都说这一天的西岸之旅，回国后一定会被别人羡慕的。谁听说过30镑就能玩遍西岸啊，感谢那个特意换了新长袍的最后却离我们而去的神奇司机。

他的存在，似乎就是为了把我们从客栈免费拉到国王谷去。埃及人，我永远不理解你们。

中午去了卢克索最繁华的巴扎（就是集市）吃饭。新疆人也管集市叫做巴扎，难道穆斯林人真的语言相通吗？一个新疆人去了埃及就能毫无语言沟通障碍地跟埃及人自由交谈？

我们在一个二层楼的挺有名的餐馆吃了饭，点的烤鱼，依然很难吃。璇璇去楼下抽水烟，她真是个勇于尝试的年轻人，在阿斯旺的时候就非要点埃及著名菜品烤鸽子，现在又要去试抽水烟，这些是我一听就不想试的东西。

我给她拍照的时候,她被烟呛得小脸通红,太好笑了。皓哥试过水烟之后说,埃及的水烟其实比卷烟口味还要淡一些,对于抽烟的人来说,其实并不好抽。

璇璇今晚就要飞回开罗然后就离开埃及了,我们于是陪她把整个巴扎逛了一遍,看有没有什么她想买的纪念品要带回国的。除了莎草画,埃及真是没什么可买的,而莎草画又实在太贵,且不方便携带。所以我们逛了半天,也什么都没买。

在埃及集市上走,真的需要勇往直前的勇气,因为每走一步就有个拦路的埃及小商贩,非要拉你进去他的店里看。埃及人跟我们搭讪一般第一句是"What's your name?"下一句是"Where are you from?"或者直接问"Japanese?""Chinese?"看来日本人去埃及旅游的人比中国人更多,所以他们首先会问是不是日本人。

如果不理这些小商贩,他们就没什么好话了。有个埃及小伙子见我和璇璇不理他,在后面用中文说"哑巴",中文讲得还挺标准。给我们气得够呛,谁是哑巴呀!

走出巴扎,又是夕阳西下。我们终于见到了传说中的果汁店,亲眼看见大爷把一长根甘蔗塞进巨型榨汁机榨出甘蔗汁。

我今天咳嗽非常厉害,就点了鲜榨橘子汁。大爷抄起八个橘子,榨了八个橘子给我,5埃镑不还价。我觉得八个橘子榨的一杯果汁5镑真不算贵,可路过的两位德国大妈还是嘲笑我们买贵了,说应该点橘子和甘蔗混和的果汁,更加好喝,而且应该给2埃镑而不是5镑。我们看着两位德国大妈离去,心里挺佩服的,谁说欧洲人不会过日子。

璇璇需要9点出发去机场，我们于是回西岸去收拾行李等着送她。到客栈时间还早，我让璇璇先睡一会儿，自己去楼下走走。西岸其实很荒凉，从轮渡码头过来的两公里都是庄稼地，只有我们的客栈所在的这一条街上有几家店铺有点灯光。

这仅有的几家店铺分别是服装店、理发店、小超市，还有一家门户敞开，坐着很多男人很嘈杂的，我真不知这是干什么的店。

服装店里的拖地长裙都很贵，每件要几百镑，我觉得买不起。理发店门口摆了一个像煎饼车似的小推车，放着有点像很薄的蛋糕似的点心。

一个小伙子从理发店出来招呼我，问我买不买？还拿刀切下一大块点心给我尝。我吃了一口就几乎被活活甜死，太甜腻了，除了甜几乎没有其他味道，就像直接吃了一大口白糖。

但是小伙子满怀期待地看着我，示意我快吃下去。我只好勉强把这一大块点心都吃完了，跟他说"我不买""对不起"。他却一点都不生气，非常开心地比划着问我好吃不好吃？我不好意思跟他说不好吃。我也学着埃及人的习惯问他"What's your name？"他说他叫哈桑。

那个聚集了很多男人的嘈杂的店里，有一个挺先进的液晶电视挂在墙上，原来男人们聚在这里看埃甲足球联赛。

我也凑过去看得出神，旁边有个会讲英语的小伙子挺身而出，让老板拿把椅子给我，问我喝什么？他说这里是咖啡馆（老天爷，我从来没见过这么满地痰迹这么脏的咖啡馆）。旁边几乎每个男人身边都放着落地的水烟壶。他们一边抽着水烟，一边喝着茶或咖啡，一边大笑大骂着看足球赛，显得很惬意。

西岸这边跟东岸那边气质很不一样,虽然就差五分钟的轮渡,但显得就像个偏远的小镇。这里的居民大多不会讲英语,不像那些旅游景点的埃及人,那么贫嘴,随时变卦,到处占外国人便宜。

这里的人显得比较淳朴愚钝,相对可爱些。我坐在门口看那么一会儿足球的时间里,每隔几分钟就有个男人到我身边来坐会儿,坐几分钟后他就满脸满足地起身离开,换另一个男人过来坐。

唯一会讲英语的小伙子是这群人里最帅的。他告诉我,在埃及,这样的咖啡馆只有男人才能来,女人们是不允许到这种社交场合来的。我说那我是不是不合适坐在这里啊?他说当然不要紧,你是外国人嘛。

他让老板倒了杯水给我喝。我闻了闻,水里有一股氯气味,估计就是自来水,没敢真喝。他告诉我他们都喜欢场上红队,红队的前锋叫哈桑。这时刚才给我点心吃的哈桑恰好也过来了,见了我,他脸上露出由衷的笑容,很腼腆地对我点了点头,立刻闪到角落里坐下。偶尔偷偷看我一眼,恰好被我看见了,他就满脸通红地低头躲避我的眼神。

今天是我到埃及以来最开心的一天。我第一次充满安全感地坐在一堆男人里,感受到他们对我的喜爱和照顾,一点也不用担心他们算计我,不用担心他们卖东西来烦我,他们看我的眼神是清澈真诚的。其实,埃及人也是可爱的,只是我们去的那些旅游景点所遇到的埃及人实在太令人心力交瘁了。

回到客栈后,璇璇就该结账去机场了。此刻客栈老板的冷幽默就表现出来了。他盯着璇璇面无表情地说:"你非常非常可爱,你愿意嫁给我吗?"

璇璇问："你有几个老婆了？"他说："两个"。璇璇于是哑口无言。我说："璇璇现在连一个老公都没有，等她找了两个老公之后，再考虑要不要嫁给你吧。"

这老板沉思了一会儿，说："那我离婚吧。"我们于是全体崩溃掉了。最后老板说："好吧，我放你走吧，但是你要记得埃及有一个男人会等着你，只要你愿意，随时回来他都会娶你的哦。"

真不知这是璇璇的幸运还是不幸，被一个已经有两个老婆的，看上去有五十岁的大爷这么等上一生一世。

送璇璇过了轮渡打上了出租车后，我和皓哥决定从西岸搬到东岸去住，因为明天早上约了那对俄罗斯情侣7点在东岸的轮渡码头见面。如果从西岸出发，那简直不知得起多早才行。

于是告别了冷幽默的老板，最后坐一次轮渡到东岸去。回头看西岸的荒凉，我还真的挺留恋的，如果不是当初没注意地理位置订错了客栈，可能我此生都不会有机会了解西岸那边的淳朴的埃及人。人生其实只是过程而已，旅行也是如此。发生任何事情，过去之后回过头来看，都很难讲是好是坏，都是经历。

我们住进了荷鲁斯酒店。埃及的酒店经常以这些神的名字命名，如果在中国的话，估计这些酒店就该叫"嫦娥酒店"、"托塔天王酒店"什么的了，感觉总是怪怪的。

皓哥很照顾我的睡眠不好的毛病，自己选了住二层，我则住了三层，打开窗户，外面就是卢克索神庙，景观无敌，就是太吵。夜里11点半，我们去了中午吃饭的那家餐馆吃晚餐。这个餐馆居然还真没关门，埃及虽不发达，夜生活倒还挺丰富。

12月31日

早上7点准时在轮渡码头等那对俄罗斯情侣，他们晚了十五分钟，不过还算是守约了。

一路上，俄罗斯女孩非常健谈，奋勇承担起导游的职责，给我讲了很多阿拜多斯的历史和传说。她父亲在俄罗斯驻埃塞俄比亚大使馆工作，她从小跟着父亲走遍非洲，所以对非洲很有感情。

而我，说实话，这一趟来过埃及，对非洲的印象真的太一般了。以后不知什么时候，我才能下决心再来非洲旅行。

阿拜多斯神庙距离卢克索市真的很远，车程大约三个半小时。途中遇见警察查车，司机要求我们再多付50镑给警察。

俄罗斯女孩乖乖付了50镑，我其实是不想给的，我总觉得司机在骗我们。我们不给肯定也过得去，但既然同车的人已经付了，我只好也付了。由此可见，俄罗斯人砍价到底不比我们中国人。

我们不停地问司机什么时候才能到？司机一直说"In shala, in shala"，俄罗斯姑娘告诉我，埃及语"In shala"的意思就是"Maybe"，所以埃及人用的最多的就是这个词了。因为在埃及什么事都不靠谱，没有什么确定的事，所以什么事都"In shala"。

上午10点半，我总算到了阿拜多斯神庙。司机让我们一个小时后回到车上，因为要赶着回卢克索去。他说下午4点以后他就下班了，好像意思是下午4点后如果我们还没回到卢克索，那他就会把我们扔在路上不管了。

阿拜多斯神庙以古老而灿烂的壁画著称，面积挺大，但比较陈旧。那些壁画并不太吸引我，我大概归根结底不是个真正的文化人吧，无论看博物馆，还是看壁画，我都很难沉迷于这些历史文化里，看一会儿，也就审美疲劳了。

11点半，我和皓哥准时回到停车场，两个俄罗斯人毫无踪影，我们只好又去四周逛。

这里像个小村子，但由于阿拜多斯神庙的大名，很多旅行团把这里作为固定景点，所以这里的村民并不像西岸的居民那样没见过世面，于是也没那么可爱。

有很多背着机关枪的警察到处走来走去，看起来挺吓人的，但他们倒很友好，见了我还冲我微笑。我第一次见到背机关枪的警察对着我笑，真不知道该怎么应对才好。这里的妇女出门就都用黑布蒙了全身，连脸都看不到，都不知道她们怎么看路的。

相比之下，开罗的妇女虽然也穿拖地长裙，但款式和花色就时髦得多，不仅限于黑色；卢克索市内的妇女虽然大多黑布长裙，但至少不用黑布蒙脸；而阿拜多斯的妇女们就直接把脸都蒙上了，全身黑衣，俨然一副黑寡妇模样。看来随着行政级别的降低，妇女地位也越来越低啊。

阿拜多斯庙门外，有一个很大的专供外国游客用餐的餐馆。我们都很饿，但那种专给外国人吃饭的地方一定很宰人。

我转来转去的，发现了一个很多埃及当地人吃饭的餐馆，于是凑过去看他们吃什么。一个大叔很热情地招呼我，英语讲得不错。我问他们吃什么呢？他说埃及套餐。我问多少钱？他跟老板商量了一下，说20镑一份。我说20镑两份吧。老板笑得特别开心地说好啊好啊，我一看这价钱肯定又给高了。

这套餐包括一个煎蛋,一份豆酱,一碟泡菜和一小碟酸酱,还有管够的全麦饼。

叫了皓哥来吃饭,我只吃了一张全麦饼和煎蛋。要说鸡蛋真是好东西,全世界的煎蛋,口味还算统一的。

会讲英语的大叔说他是旅游团的导游,来自开罗,以前是英语翻译。这个餐馆是给司机和导游吃饭的地方,外国游客都去那个涉外大餐馆吃。我判断了一下他的英文水平,认为我在埃及找个工作去当英语翻译看来是毫无问题。

他还推荐了开罗的一家埃及餐馆给我,让我回到开罗后一定去吃那一家,那是埃博附近最有名的埃及菜了。

我回忆起第一天从埃博出来,那个主动要给我们带路的埃及人,好像就是要领我们去这家餐馆的。看来埃及人也不都是骗子,只是他们凡事都要钱,动不动就变卦,让人毫无信任感。

一对俄罗斯情侣终于出来了,于是我们出发去哈特神庙。

哈特神庙是继飞来寺后,又一个给我留下很美好的印象的地方。寺顶的壁画真的精美无比,神庙结构十分巧妙,一会儿上天台,一会儿下地道,到处都有壁画,整个寺保存地非常完好。恰逢夕阳西下,那些断壁残垣映照在落日余晖中,令人有一种说不出的感动。我心中浮现的是"古道西风瘦马,夕阳西下,断肠人在天涯"的诗句。

埃及文明不是不吸引人的,只是今日的埃及人全靠吃古人留下的遗产生活,给游客凭添太多烦恼了。

那个俄罗斯男孩对一切都特别感兴趣,司机在门外一直催促着说该走了，他却总流连往返地穿梭于古寺的残骸中。

女孩于是跟我聊起了天，说她的男朋友就像个孩子，出国旅行从来不操一点儿心，都是她把一切攻略做好，一切手续办完，跟男朋友说"走"，男朋友就跟着到处走。可是真到了地方，他却比她要沉迷得多，每次倒要她等他。

我说我老公也完全一样啊，每次出国办签证，都是我把所有表格填好后，翻到他该签字的那页说，"在这里签字"，然后他签个字以后，甚至都不太记得去哪个国家。等出发那天，他只负责拿行李，去哪里都是听我的。看来这个俄罗斯女孩跟我一样，都是操心的命。

终于那男孩出来了，我们踏上归途。司机非常生气，嫌我们晚了，说中国人好，俄罗斯人不好。女孩于是说，那我们去告诉穆巴拉克，你居然敢说俄罗斯不好。

此时就看出国力的不同了：俄罗斯人敢威胁别国人，不许说俄罗斯不好；我们中国人一般就不会这样，别人说中国好或不好，我们最多只是自己开心或者有点生气，但总不会上去威胁说，你要敢说我不好，我们国家可揍你了啊。

天黑时，我们总算回到了卢克索市。司机忽然要把我们扔在路上，说他的车没油了，必须去加油，让我们自己走回酒店去。

我们四个人十分诧异，一天都好好的，怎么回到市里忽然闹脾气了？最后我把该我付的200镑先给了司机，他拿着去加了油，才又塌实地把我们送回酒店，然后再去送俄罗斯人。估计他是怕我们到地方不给他钱，先至少把加油的钱要过来，保证这一趟不亏了再说。

　　这样看埃及人也挺可怜的，他们自己太不诚信，造成物价极不透明。如果遇到厉害的游客，估计也有他们吃亏的时候。彼此不信任，彼此提防吧。

　　俄罗斯女孩热心地邀请我去尼罗河边的一个当地有名的餐馆过新年前夜。今天是12月31号，明天就是元旦，今天夜晚应该是个狂欢的夜晚。但我今天病得特别厉害，咳嗽十分严重，头疼欲裂，整天都昏昏沉沉，晚上是肯定不能去玩了。

　　到酒店下了车，回去收拾收拾，就跟皓哥一起打车去那家豪华酒店里的中餐馆吃饭。虽然我今天这么难受，但毕竟是新年，还是该吃顿好的。

　　不知是因为我病得厉害，还是今天的厨师的确有问题，感觉今晚这顿饭每道菜都不如前天的好吃。我们匆匆结束了晚餐，慢慢走回酒店去休息。

　　皓哥先回去了，我一个人在卢克索神庙前的广场上发呆。身体这么难受，又逢佳节，我的心里感觉很孤单。

　　漫步到果汁店，发现昨天的老爷子今天换成了一个小伙子，我说要一杯甘蔗和橘子混合的果汁，拿出2镑来给小伙子。他同情地看了我一眼，默默地给我榨了果汁，对我说："你看起来很累啊，你还好吧？"我说："谢谢，我还行。"

　　走回酒店途中，有个漂亮的小姑娘冲过来对我说"Happy New Year"，问我叫什么名字，然后拉过来一大群女孩，介绍说这些是她的大姐、二姐、小妹……我不由得对她微笑，虽然身体很难受，心里也很凄凉，但在异国他乡，陌生人愿意对我这样热情，我还是十分感激。

2010年12月31日,今年的最后一天,我在晚上8点多就回到了酒店里休息。埃及人不放炮仗,所以夜晚显得很寂静。从前天开始降温之后,天气已有点冷。我打开房间的窗户,看对面美丽的卢克索神庙,生病了,最想家。

1月1日

今天没有任何行程安排,就是在卢克索休整一天。想得好好的要睡到自然醒的,可是我在卢克索终于体会到了穆斯林国度的大喇叭。

早上5点40分,酒店对面的清真寺就响起了大喇叭念经,那声音真是响彻天空,持续半小时才结束,余音缭绕。

好不容易又迷糊着了,睡到9点我才起床,叫皓哥一起去吃早餐。替我们准备早餐的小伙子也叫穆罕默德,埃及男人估计80%都叫穆罕默德吧。

早餐一如既往地是面包、果酱、咖啡和一个煮鸡蛋。吃完之后起身,穆罕默德来跟我说,我喝的咖啡是两人份的,但旅店只能给每人免费提供一份咖啡,所以我应该付他2镑。

我说:"你既然拿一个壶装咖啡来给我,我怎么知道是两人份还是一人份呢,你又没事先说清楚?"小伙子想了半天,最后说算了,那就不收钱了吧。

从这一天起,后面在钱财问题上,我就再也没吃过埃及人的亏,因为我的学习能力实在太强!到埃及一个星期之后,我迅速掌握了埃及人的不靠谱小伎俩以及应对他们的方式,以后遇此类事我们就相对公平了。

皓哥今天完全不想出门，我就一个人去街上走走。先去邮局寄了明信片，给家乡的朋友写着"生病了，最想家"。然后到卢克索火车站去见世面，因为到埃及之后还没坐过火车。

卢克索火车站相比国内的火车站，算是秩序很好，人也很少，尤其是一等座的售票口，只站了两个外国人，感觉似乎很容易买到票，但票价相差很多。这种区别对待，一等座的价格虽然贵，但可能也确实方便国外的游客吧。

我沿着卢克索的几条大街信步乱走，遇见一位卖烟的大爷。我病得很重，跟大爷一起坐在他坐的长凳上休息了一会儿。忽然我发现大爷显得十分慌乱，我转头一看，旁边站了个面色不怒而威的大妈，不知是不是大爷的老婆。按说埃及人能娶四个老婆，不至于怕老婆呀，但看大爷的表情，我就坐不下去，赶紧站起来走了。我临走前恨不得跟大妈解释一句，大爷不会讲英语，我真没跟他聊什么。

过马路时车水马龙，我不敢过马路。有位头顶着几公斤重物的大妈挺身而出，带我穿过车流。她临走时还友好地笑着对我说了好多埃及话，但我一句也没听懂。

路过一条狭窄而繁华的小街时，一个高大的男人邀我坐在咖啡馆门口的凳子上休息。他说他认识一个中国女人，在街对面开了家美容院，那女人十分勤劳，赚了很多钱。我困惑地听他讲了很多，不明白他为什么要告诉我这个女人的事情，难道他喜欢那女人，想跟我取经如何追中国女人？

我见到大群人抢购刚出炉的全麦饼，发现大家伙儿买了一大堆全麦饼后，就直接在车水马龙的水泥地上把全麦饼铺开，看到这场景我真吓傻了。我问一位大爷为什么要把全麦饼扔地上啊？大爷不会讲英语，比划着告诉我是因为饼太烫，铺地上一会儿就凉了，可以拿回家吃了。

我真的崩溃了，想想以前吃过的那些全麦饼，真的十分可怕，都是这么铺在既走人又过车的地上晾凉了的呀。

我走着走着就赶上了一个集市，比较像我国中小城市的夜市，卖什么的都有：活公鸡在床单上走来走去，也有卖鲜艳女士裙子的，还有睡衣、日用品，物品极大丰富的样子，而且大多数产品似乎都来自于中国。

我忽然想买条埃及女人都穿的那种拖地长裙。走遍整个集市也没见一条可心的。后来又到了一家批发市场，比较像北京的动物园服装批发市场，全部卖女装。我看中一条裙子，人家开价120镑，我说20镑。人家哈哈大笑了一阵，整个市场里再也没人理我，看来埃及也不是什么都可以还价。

今天我的上呼吸道感染已经十分严重，随时看见果汁店就进去喝一杯甘蔗橘子汁压一压我剧烈的咳嗽。每次都是直接给2镑，再也不讨价还价。

到今天，我已经学会了怎样简单地跟埃及人相处，就是准备无数零钱,再也不问价格;想买什么,直接就拿出几块钱来,卖就卖,不卖就转身走。

能这样做,一来对埃及的物价已经有所了解,最重要的,是已经基本掌握了埃及人的习性——他们虽然小奸小坏,但其实并不暴力,最多耍耍无赖,倒也不打人,所以也没什么可怕的。

终于走得累了,我回酒店叫了皓哥一起去吃饭,去了麦当劳旁边的一家快餐店。皓哥也看出我今天身体特别差,劝我别到处乱走了,也回房间休息休息吧。

于是吃过饭我也回房间,想睡会儿。没想到那无所不在的大喇叭又响了。我躺了二十分钟,实在按捺不住,去对面的清真寺看个究竟。

清真寺门口的大叔不让我进,说这家寺院不许女人进。我给他示意我带了头巾,可以把头发裹起来(在我看来,只要不露头发,就不是女人了)。他说了半天,我就是执意要进去。最后他放弃了,说:"算了,你进去吧,反正都是姐妹。"

我以为我进去后会遭很多人的怒目而视,没想到一踏进这家寺院,许多男人见了我分外兴奋。他们纷纷招手叫我过去,拍拍身边的地面让我坐他们旁边。这么热情也叫人胆战心惊,我只敢在角落里找了个地方跪下,虽然不信,毕竟应该尊重别人的信仰。

前面带领大家念经的老头,真就是对着麦克风狂念,也不看书,都是背下来的,挺了不起的。可惜我来得有点晚了,不到五分钟,这一轮祈祷就结束了。

我走出寺院时,刚才一个并未招呼我的小伙子在门外对着我微笑,这世上毕竟还有闷骚型男啊!

这小伙子皮肤很白,长得很干净。他是我在埃及见过的最帅的小伙子,看起来素质也比较高,估计有份好工作。他说他是来卢克索出差的,他们穆斯林每天五次祈祷,赶上在哪儿就立刻跪倒在地开始念经。早上 5 点半,中午 12 点半,下午 3 点半,下午 5 点半,下午 6 点半,一共五次,次次不能少。我说那埃及人哪里还有时间工作呀?一天就光顾着祈祷了。他说只要心中有神,祈祷后工作效率就会提高。

天哪!

我问那拿麦克风的老头子念的是什么呢?小伙子拿出一本《古兰经》给我看,说念的就是这上面的内容。

我伸手去接,他说不行,你不能碰我这本《古兰经》。我问为什么?因为我是女人?因为我不是穆斯林?他说不是,因为你没洗手。

晚上病得更重了,明天要早起赶飞机,很早睡了。新年的第一天,在埃及卢克索游荡,体会我一向熟悉的一个人的旅程。

达哈布（红海），你可愿去做一个红海边小旅馆的老板娘？

1月2日

退房出门去，天还没大亮，我们好不容易打到了一辆出租车。老大爷同意了我们给的25镑之后，一路上不停地说，警察要收5镑你得给我，回程的高速费你也得给我，你得再多给我15镑才行。

我一句话也不搭腔，一路沉默到了机场。当把所有行李都搬下车，我和皓哥也都站到车下面后，我拿出25镑来给老头，然后背起行李就走。

老头在后面直着嗓子喊："你得给我警察收的那5镑啊！"我们就当作听不懂英语一样头也不回地走了。既然我们上车前谈好了25镑，那就是25镑，再多要一分钱也不给。只要手里有零钱，中国人哪有怕埃及人的道理？

今天我的感冒已经达到顶峰，必须戴着口罩才敢睁眼睛，一摘口罩，马上眼泪鼻涕一起下，连眼睛都睁不开。

我独自默默坐在飞机的最后一排，盼望着早点到达西方人的度假胜地——红海。还好飞行时间仅一个小时就到达了沙姆沙伊赫。

出了机场果然如预期一样,没有去达哈布的公共汽车。之前我在攻略上看到两个女孩是付了100镑搭别人的车去达哈布的,到了这里后,我问了很多出租车都是开价300、400镑才去。

最后,有一个讲英语的埃及男人过来说,他帮我找到了120镑的车。我一看这司机倒是很帅,算是埃及男人里少有的干干净净的,戴着项链,发型也挺酷,有点像个电影明星,于是就120镑成交。

途中我问司机为什么别人开价那么贵?他说从机场到达哈布要100公里,如果单程去的车,肯定会要300镑的,但他是送客人来机场现在返程,所以同意120镑带我们回去。

我跟他商量后天早上再从达哈布送我们来机场,他说没问题。从沙姆沙伊赫机场到达哈布的公路真是太好了,就像新疆魔鬼城那边的公路,又宽阔路况又超好。公路两边是此起彼伏的沙漠丘陵,丘陵背后就是碧蓝的蓝天白云,几乎令人想到青藏高原。

难怪埃及的红海边是西方人的度假胜地,这里的空气质量一定是全埃及最好的,一切都那么干净,清新。

路程还真的是很远,从机场到达哈布按路边的里程牌记录应该的确有100公里。在中国打车100公里,可不是150元人民币能到的,所以这120埃镑花得还算挺值。

到了我们订的旅馆,我跟司机确认后天早上来送我们去机场,还是120镑。他说不行,一定要150镑。我简直崩溃了,刚才还说得好好的,现在又变卦了。

他说因为后天送我们是单程,所以一定要150,我说你反正在沙姆机场一定会遇到来达哈布的人，不是又可以像今天一样拉到返程客人吗？他无论如何就是不同意。最后我绝望了，跟他说算了，我自己再找车吧，然后眼睁睁看着这个我在埃及见过的最帅的司机小伙子离去。事后我才知道，他开的价其实是市场价。其他车从达哈布去沙姆沙伊赫机场也都要150磅，但坐他的车至少可以看帅哥养眼。于是，回想起没有坐他的车去沙姆机场，我至今都还觉得遗憾。

我们订的旅馆在达哈布镇子的最边缘，对面是几家超级豪华的海滩酒店。那些酒店的价格都在每晚100欧元以上，而我们的房间由于隔了一条马路，不算在海边，是每晚60埃镑。

放下行李，我跟皓哥出去吃午饭。以前在攻略上见过达哈布有家著名的中国饭店，打听了好几个人一路寻过去。这家饭店还真的很有名，镇上的每个人都知道。

我们过了一个小桥，就见到了红海。海水很蓝，估计海沟应该很深，就像法国尼斯的海，特别特别蓝。我判定这里根本没有沙滩，走进海水半米就会掉进深深的海沟里去了。

我们过桥后，就豁然见到那家著名的中国饭店。我们完全不可能错过这个饭店，因为饭店招牌上的四个中文大字"中国饭店"太明显了。

我们问老板，能坐最靠海边那张台吗？老板是位老爷子，操一口标准的天津话说："没问题，坐海里边也成。"

我和皓哥顿时彻底放松下来。尤其是皓哥，英文不是很好，在埃及已经有很久没跟除我们这几个人以外的人说过话了。听了老爷子的天津话，皓哥眼泪都快下来了，赶紧坐在海边凉棚里，点上几道中国菜：烧茄子、番茄炒鸡蛋，还有酸辣汤。这个饭店虽然厨艺也是一般，但因为是在埃及，我们已经说不出有多惬意了。

　　吃完饭，皓哥就回旅店去睡了，我一个人沿海边散步。达哈布是个非常小的镇子，只有两条平行的街。这条沿海边的街上基本都是饭馆和旅店，另一条街跟这条街隔一排房子，街上全是饭馆和纪念品商店。而离海边略远的那条街上饭馆和旅店的价格，就比海边这条街上的便宜很多。

　　红海的确美，真不知道埃及居然也有这么干净的地方，但饭馆里依然还是有苍蝇飞来飞去，国民的卫生习惯真不是一日可以改变啊。

　　自从到达卢克索的第一天埃及开始降温，这几天来是一日冷似一日。我从刚到开罗时穿吊带裙，到现在已经把从北京穿出来的棉袄都穿上了。

　　达哈布的埃及人也都说，这边从来没这么冷过，不知今年是怎么了。我真不敢告诉他们，我别名"追雨"，我走到哪里，哪里就下雨降温，真是无一例外。

　　傍晚时分，我走到海边随便一家餐馆门前停了下来。餐馆里播放的音乐是那首《人鬼情未了》的主题歌，这么多年过去了，依然那么动听。我坐在餐馆放在海边的躺椅上倾听。餐馆的小伙子服务员过来问我喝点什么？我看着他一时间恍若隔世，没反应过来这是在埃及，也没想明白该跟他说什么语言。

　　幸好他是个非常善解人意的小伙子，见我恍惚地看着他半天不说话，他就说那留你自己一个人在这里好了，如果有需要就叫他。

我又坐了好一会儿，待天全黑下来才回旅店。一个人在海边的感受，宁静而忧伤，还是很难忘的。

我们住的旅店是由父子俩经营的一个家庭旅馆，大约有十几间客房，还有个挺舒适的庭院。父亲大约50来岁，儿子二十七八岁，我们在这家旅店住了两晚，也没见几个其他的客人。但那儿子跟我说，他们的客房都满了。难道其他客人全都早出晚归见不着面？

角落里那间房住着一对英国情侣，我回去的时候他们正开着音响一起吃晚餐，旁边还放着把吉他，是那种非常悠闲的旅行。我跟他们俩说："你们好会享受啊！"

旅店的小伙子老板见我回来了十分高兴，带我到楼顶天台上去看星星。他指着对面依稀的灯光说："你看我有多么好的一个旅店啊，三面环着三个不同的国家，那边是约旦，那边是以色列，还有一边是沙特阿拉伯。我这么年轻就有这么好的旅馆，条件还是挺不错的吧？

我看着他期待的眼神，心想下一步他大概要问"Will you marry me？"就赶紧说："我跟我老公在中国也买了套房子，不过比你的旅馆小多了，只是个两居室，真的很羡慕你。"然后我掉头赶紧跑下楼。在我此前的人生里，从未预料到我可能有机会来美丽的红海边做一个小旅馆的老板娘。所以年轻人还是要多走一些地方，你永远不知道明天会遇见什么，遇见谁。

晚上我不到10点就睡了,今天感冒实在太严重,动不动眼泪鼻涕就流下来。希望到了红海边,空气干净些,病可以好起来。

这一趟埃及之旅真的很不容易,从到埃及的第四天起我就开始生病,直到今天还没见好转,难道我真的已经年龄大了?真的已经不再适合这样长途旅行?

1月3日

早上7点多自然醒,人在旅途好像睡不太塌实,想睡到中午去也是不可能。

起床后,见到住角落客房的那个高大的英国男人正跟开旅店的埃及小伙子聊天,我于是也过去跟他们聊了一会儿。

这英国男人从小在英国出生,在迪拜长大,现在在非洲做生意。我问他怎么不回英国去定居?他说他热爱在发展中国家生活,因为只有在发展中国家,人生才有无尽的未知数和吸引力;发达国家一切都已成形,没有惊喜。

我说英国的生活品质肯定比非洲好很多啊,从舒适角度来说,还是英国好吧?

他于是长篇大论给我讲了半小时他对英国的看法:从欧洲出发征服美洲开始,先是葡萄牙,再是西班牙,然后是英国,由于他们先进行了工业革命,所以他们比其他国家提前发达。于是他们就仗着工业革命带来的发达去侵略别的国家,给其他大陆和其他国家的人民造成伤害,他非常鄙视英国的发家史。

这是我第一次听一个英国人谈起英国,对于他的真诚和善良,以及为英国给其他国家造成的伤害的真心的歉意,我感到十分感动。

兔子们来了信息，说他们昨天深夜已经到了达哈布，约我和皓哥今天一起午餐。可我已经饿得眼冒金星，实在等不到中午了，就先跟皓哥一起吃了顿早餐。20埃镑一份的早餐还挺不错的，有火腿煎蛋和面包黄油。

吃完后，我们散步到中国饭店。过了一会儿兔子们就来了，我们于是又一起吃了顿午餐。一个多小时内我连吃两顿饭，顿顿都吃得不少。至少从胃口上看，我年龄还没大到不能旅行的地步。

饭后，兔子跟皓哥去浮潜，我和兔子的老大在中国饭店靠海边的餐台上喝水聊天。

埃及人不知为什么特别喜欢猫，达哈布的海边每一家餐馆里都有无数只猫跑来跑去，我和兔子老大今天算是见了猫界奇观。只见一只在我看来并没多美的小母猫在地上不停打滚，旁边有好几只公猫虎视眈眈。其中一只身材最健壮的公猫终于按捺不住挺身而上，把小母猫压在身下滚了半天，但不知什么问题始终不成。小母猫数度回头对这只大公猫龇牙恐吓，但这只公猫硬是不肯放弃，就在我和兔子老大的紧密注视下激烈起来。

我和兔子老大面面相觑，埃及的猫们太开放了，完全不避人就这么当街就搞，我们拿相机拍了全套过程，留作纪念。

一方水土养一方猫，这里连猫都尚且如此开放，也就难怪男人们在街上不停对着陌生女子问"Will you marry me？"了。

兔子跟皓哥浮潜回来后都非常累，我去拍了几张夕阳落山的照片，天就黑了。

因为兔子们今晚还要去爬西奈山看日出,所以中午就已经退了房。我看他们实在太累,就让兔子的老大在我房间里睡一会儿。我则在院子里继续跟那个英国人聊天。我看到他有吉他,就请他弹给我听。没想到他一拿起吉他来,俨然就是个专业的摇滚吉他手。我一打听,果然他说他在乐队里当吉他手当了十几年,自己作曲都作过很多歌,还发过专辑。难怪他弹吉他给我带来的感觉跟我之前见过的所有人是那么不同,专业的跟业余的就是有区别啊!

我用他的吉他勉强弹唱了一首《恰似你的温柔》,虽然总共才会五个和弦,可是我的指法别提多生疏了,但旋律却依然打动了他。他说他从来不知道中国歌这么好听,让我再唱一遍,他配了和弦给我伴奏。

我们俩正一弹一唱陶醉其中时,跟他一起住的那位女士忽然从屋里走出来转了一圈又回去了。这哥们立刻收了吉他说他有事告辞了,起身进屋关门。一切寂静,就像什么都没发生过。

直到第二天我离开达哈布,再也没见过这个英国人。他虽不帅,但是弹起吉他来,脑后就似升起一道光环,十分有魅力。

开罗，再见了，埃及

1月4日

今天是在埃及的最后一天。我早上6点起床，收拾好行李。按照跟旅店小伙子商量好的时间，我们在门口等他帮我们约好的车来送我们去机场。最后他给我的价格也是150镑。早知如此，还不如订前天那个帅司机呢。

我以为旅店小伙子会找辆出租车来，没想到门口停了一辆两厢丰田，司机就是开旅店的小伙子他爹。且小伙子似乎还应了一个带着孩子的英国大妈什么事，迟迟不肯出发，我眼看着时间飞逝，真怕耽误了飞机，就拼命催促司机大爷赶紧走吧。可好不容易他发动了车，却让我把钱先给他。

我说到了机场再给你，他于是就让我们下车，说没有钱他不去机场。此时是早晨7点钟，达哈布这个小镇子上连一个行人都没有，再想找其他出租车肯定也是找不到，这老头肯定讹上我了。我终于忍不住发脾气了，摔出150镑来给他，让他赶紧走。老头于是开动车子，还很困惑地看着我，问我为什么生气？

我实在太崩溃了，到地方付钱难道不是全世界的规矩吗？在埃及都必须先付钱才办事吗？他居然不明白我为什么生气，所有的事都这么不靠谱,他居然不理解!同样都是地球人,怎么沟通起来就这么难呢!

收了钱之后,大爷也着急了,因为的确就是晚了。前天从机场开到达哈布,司机用了一小时二十分钟,而此时距离飞机起飞只有一个半小时了。大爷拍拍我的肩膀说,不用担心,这是辆丰田,是好车。然后,在我还没明白怎么回事时,大爷就开始飞车了。在没有隔离带的公路上,大爷瞬间把速度提到了160。我眼前一晕,赶紧跟大爷说,误了飞机也不要紧,千万别飞车。

但是已经太晚了,大爷再也不懂我的英语了。我拼了命跟大爷说不要飞车,请慢一点。大爷就是坚持着一路时速160把我们飞到了机场,总共用时四十分钟。我对跟埃及人沟通这件事,从此彻底绝望。

今天的好消息是,我的感冒确实好了一点,不用整天戴着口罩了。

飞行一小时到达开罗机场。令人崩溃的是,开罗机场的国内到达和国际到达居然不在同一个楼层,造成虽然我是第二次到开罗机场,却依然哪都不认识。

门口许多黑车司机问我打不打车,我还是坚持找到了车顶有 **TAXI** 标志的正规出租,打车去埃博对面那个旅馆。

到了旅馆后,就轻车熟路了,放下行李先去著名的 **FEL FELA** 餐厅吃饭。这家在埃及人眼里那么好的餐馆,我吃起来依然难以下咽。

饭后,去了跟璇璇一起去过的那家甜品店,买了巧克力和埃及点心,打算带回国给同事们尝尝。

回旅馆途中,遇见一位高大英俊的警察,正坐在路边吃卷饼,看见我眼睛一亮,冲上来对我说"I love you"!在埃及十几天,我已经非常习惯埃及人的这种表达方式。我很平静地对他笑了笑,跟他说"Enjoy",擦肩而过。

在埃及,男人对单独在路上行走的女人说"I love you",就像在说"How are you"一般平常。

皓哥今天是哪里都不想去了,直接回旅馆休息,我自己打车去看爱兹哈尔清真寺。

打车过程中,我跟司机谈好明天清晨5点半来接我们去机场。这位司机名叫阿沙夫(埃及男人几乎都叫穆罕默德,他叫阿沙夫,我反倒一下子就记住了),他的梦想就是将来能买一辆中国产的奇瑞,他说奇瑞是他所知道的最好的车了。没想到,我们的国产车在埃及如此有声望,我还真从此对奇瑞品牌刮目相看。

爱兹哈尔清真寺就在哈里里市场对面,进寺前我先裹上头巾,然后门口有个老大爷把我们的鞋子收在柜子里。我心想也不发个号牌什么的,万一别人拿错了,那出来岂不是没鞋穿?

这个清真寺也是全部光滑的大理石地面,院子很大很清净。不知怎么进了这样的寺,就感觉神清气爽。即使在埃及这样到处很脏的国家,清真寺里也显得很干净。

大殿里有个老头正在讲经,一堆人围着听得起劲。我也过去坐着听了会儿,估计是埃及语,实在听不懂。

院子里沿围墙散坐着一些信徒,有个看似东南亚国家的小伙子拿着本《古兰经》念念有词。我坐在他旁边听了半天,希望获得心灵的平静，但真是一句听不懂，心灵也并未平静多少。

站起身来出门去，门口大爷帮我把鞋子从柜子上拿过来，居然索要小费。是不是我们在中国从来不给小费惯了，遇见埃及人这种到处要钱的毛病，怎么就这么反感呢？

再次去哈里里市场，可我走了不到五分钟就厌倦了，于是打车回旅店去。

我上了出租车后，恰好国内有个朋友来电话。我在接电话过程中忽然见司机停车了，然后三个埃及大汉就上了车挤在后坐上（我独自坐在副驾驶位置）。三人中有一个也在打电话，另外两人瞪着我不说话。我吓得心都快蹦出来了，这时候是下午4点半，难道青天白日这司机加三个大汉要抢压寨夫人？

出租车过了一座很高的桥之后，这三个大汉下车扬长而去，然后出租车平稳地把我送到我住的旅店。虽然是虚惊一场，但我由衷地认为语言真是太重要了。由于司机不会讲英语，不能跟我说明为什么那三个男人要忽然间挤上车，真把我吓死了。如果他能稍微给我解释一下状况，对外国友人的心灵怎么也是个慰藉啊。

皓哥在我去清真寺期间已经独自吃过晚饭，我于是自己出门去吃饭。

这一带街区总算逛得比较熟不会迷路了，找到解放广场的肯德基，有数十人排队，忽然心生厌倦，想吃顿中餐了。

其实明天就要回国，今晚这最后一顿饭是不是要花巨资去吃中餐倒也没什么要紧，我只是对埃及食物太厌倦太厌倦了。

正在路上犹豫中，旁边一个男生主动跟我打招呼。他先说了句日语，见我完全不懂，才用英语问，是日本人吗？我说中国人。他问我需要帮忙吗？我说我想找家中餐馆吃饭。他说他认识附近有一家，可以带我去。

没想到这一走就走了二十多分钟，穿过至少五个街区，我走得饥肠辘辘。好不容易到了餐馆门口，小伙子转头要走。我说我必须请你吃这顿饭了，什么人能给陌生人带路走二十多分钟啊，太热情了。

我们点了春卷、炒饭、饺子和一盘凉菜。端上来我一看，就是一桌主食。不过这家餐馆还真是不错，所有主食做得十分地道，非常好吃。没想到在离开埃及前的最后一顿饭，吃得这么开心。

小伙子告诉我他在开罗读博士，学穆斯林语言。我觉得一个日本人在开罗生活，肯定是挺不容易的。博士终究是个博士，这小伙子的英语比我在开罗遇见的任何一个人都好很多（除了游轮上的孟加拉大爷，祖籍印度，英语虽然很好，口音太重还是听不太懂），而且思维和哲学观也比较容易理解。我跟他沟通起来可比跟埃及人沟通容易太多了。

我几乎有些感动，在这样遥远的异地他乡，能遇见一个可以聊天的人。从认识这个小伙子开始，我对日本人民也有了些新的认识。

饭后小伙子坚持要跟我AA，我说："这顿必须我请，等将来到了日本再去找你吃饭吧。"

出了餐馆，他说他要赶回吉萨金字塔那边去住，因为他租了埃及人家里的一间屋，回去太晚了不好。我说："那你赶紧走吧，在国外当留学生也挺苦的。"他看了我一会儿，忽然走上来拥抱我两次，眼睛里几乎闪出了泪花。在那一瞬间，我跟他居然有种类似同胞的感情。

在我们本土上，我一向视日本人为敌人；但到了那么遥远的埃及，中国人和日本人，竟然由于领土相邻而感觉到了说不出的亲切。

跟日本小伙子分开后，我一路漫步回旅店。途中遇到一位年近五十的大叔热情地跟我打招呼，说他每天晚上都要在马路上快走锻炼身体，他曾经体格多么强健。然后他拿出一沓照片，其中还有他跟一位美丽白人姑娘的合影，他说那是他的美国女朋友，然后指着他自己说，这照片上的人不是像施瓦辛格一样帅吗？我有点恐惧地看了看他，他似乎也没什么恶意，大概就只是自恋而已吧。不过一个强壮的男子对我这么一个陌生的弱小的女人展示他的肌肉时，总是有点令人害怕。

回到旅馆晚上 9 点半，明天早上 5 点 40 就要坐出租车去机场。我看着对面的埃及博物馆和街上的车水马龙，关上窗户关上灯。明天睡醒，我就要踏上回国的旅程。

1月5日

对于埃及人的不靠谱，所有去过埃及的朋友们肯定是心知肚明的。

我昨天虽然约好了阿沙夫来接，但一直十分担心，又怕因为语言的问题他没听懂时间，又怕他忽然有了别的事不来了，也不告诉我一声。我煎熬到 5 点 40 下楼，他居然真的在楼下等我们。

他是我遇见的第一位靠谱的埃及人，真感激他在我即将离开埃及的最后一刻，给我留下了很好的印象。

我在机场与去西奈山的兔子们会合。他们说西奈山太寒冷了，他们都冻感冒了。

回程我坐了将近十二个小时飞机，但奇怪的是并不怎么觉得累，可能因为我立志要把飞机睡穿吧。我从上了飞机就一直坚持睡，即使睡不着也坚持闭着眼睛，什么都不干，所以这十二个小时总的来说算是休息。

十三天的埃及之旅结束了，我带回国的感冒一直持续了一个月才好。埃及的暴乱，在我回国之后一直升级到把穆巴拉克逼下台。此后我的工作忙碌程度非常人所能想象。终于，在回国三个月后，我把这篇游记写完了。

从童年时就梦想着要去的埃及，我终于去过。

我在阿布辛贝庙见证了拉姆西斯二世的爱情，我见过了真正的金字塔，我在尼罗河豪华游轮上看过肚皮舞，我跟埃及人民筋疲力尽地打过交道，我也遇见过讨人喜欢的卢克索西岸的哈桑……

所有那些好的、不够好的、快乐的、忧伤的记忆，从此可以搁置在心底，准备踏上新的旅程了。昨天我把我的 MSN 签名改成"把有限的工资投入到无限的旅行中去"，埃及之旅结束了，我又要出发了。

第二章

人生得意须尽欢——在美国沦陷的日子

去美国前，心里其实没有什么期待的。因为2009年的澳洲之旅，感觉进入了一个文化荒漠，大概因为我们主要在城市里转，而澳洲的城市毫无历史感，确实乏善可陈的缘故。而美国的历史比澳洲不过多了一百年，也是个移民国家，也是靠占领换来的领土。我对美国人印象一贯很差，如果不是国航出了直飞洛杉矶的特价机票，我根本想不到要去美国旅行。

总之，我对美国的期望值，在出发前一直很低。

没想到，从飞机在洛杉矶降落，我们直接去在国内已预订好的廉价的FOX租车公司提了吉普车开始，直到行程最后一天去了盐湖城深山里的一个Outlets购物，整个在美国的两个星期里，一切都是那么的方便舒适。

美国那种暴发户般，拥有极大丰富的物质产品和财富的文化向我扑面而来。我这一向自诩还受过点教育、有点思想的小女子，瞬间沦陷于金钱所带来的享受中，不可救药地喜欢上了美国，特别是他们那极尽享乐，毫不为生活忧愁的价值观。人生得意须尽欢，当我们还拥有现在的一切时，就先尽情体会与感受吧。

拉斯维加斯的威尼斯人酒店里，他们用仿真的灯光，可以真的把黑夜变成白天；在国家公园的任何一个最罕无人至的公共厕所里，也会有卫生纸、暖风机和洗手液；所有我们健全人可以到达的地方，都会为残疾人设置整套的专用设施，比如残疾人轮椅通道，比如残疾人专用厕所，比如公共汽车的残疾人座椅……

这些用金钱和国力堆积起来的舒适与便利，在各个细节上刺激和吸引着我。如果可以选择，如果我不是那么害怕寂寞，那在这地球上所有国家中，大概我也最想去美国生活。

原来，我也不过是个追求享受的，拜金的，跟所有人一样的普通人。

最可气的是，他们不仅有钱，还拥有那么美丽的自然风光。这个国家占尽天时地利，怎么由得人不羡慕嫉妒恨？

整个行程历时十四天，经过加利福尼亚州—内华达州—亚利桑那州—犹他州—爱达荷州—怀俄明州等美国西部的六个洲，途经洛杉矶—拉斯维加斯—科罗拉多大峡谷国家公园—宰恩国家公园—布莱斯国家公园—拱门国家公园—死马点洲际公园—黄石国家公园—大提顿国家公园—盐湖城。

费用总计约 13,600 元人民币，其中，

北京　洛杉矶往返机票	5,400 元
美国签证费	928 元
盐湖城—洛杉矶机票	640 元
住宿	2,800 元
租车及加油	2,000 元
门票、餐饮、明信片及其他	1,800 元

我还是从 2011 年 9 月 28 日晚上登机时说起吧。

9 月 28 日
晚上 9 点半的飞机。

本次美国之旅，网上约伴五人，我，美女小S（不是台湾名嘴小S，而是西安姑娘小S，与台湾小S相似之处是她们都是大美女），美女飞儿，美女小明，还有飞儿的男友LP（在背包客们耳中，这名字真够如雷贯耳的）。

小明和LP不跟我们同一班飞机，故只有我跟小S和飞儿在机场见面。以前跟小S一起去过埃及和希腊，算是相熟的旅伴了；跟飞儿和小明及LP那就从未谋面，如果没有美国的旅行，也就没这个缘分相识。

一如既往，我先去T3免税店买了两千块钱化妆品。每次出国，在T3总要先花一大笔钱，这笔钱是省不了的。

飞机还好没有晚点，我们准时登机了。记得办签证时两个在美国读书的大学生曾教给我，去美国的飞机上断不能睡，因为美国跟欧洲那六七个小时的时差不同，有整整十五个小时的时差，黑白颠倒。如果飞机上睡了，到美国一定夜里睡不着。

可我不知怎么就那么困，上了飞机一点熬不住，一共飞行十三个半小时，我怎么也睡了有八九个小时之多。

事后证明，去美国无论在飞机上熬着或不熬着，落地后夜里都是睡不着的，索性在飞机上多睡会儿，至少休息得好一点，身体状态更好些。

飞机在北京9月28日的晚上9点半起飞，到洛杉矶落地，当地时间是9月28日晚上6点半，这样活活多出来一天的感觉可真好。

由于我跟小S没有和飞儿坐同一排座位，出机场过海关时我们就走散了。在出口等飞儿时,我遇见一位极热心大叔。在我爱搭不理的态度下,他硬是教会我在美国如何开车,怎样过没有红绿灯的路口,右转时必须停车,甚至还告诉我去好莱坞哪里有便宜的停车场。

大叔是北京丰台人,在洛杉矶已生活了十几年,这次是来接一个教育团队的,估计做的是导游营生。

看大叔不像拥有良好教育背景的样子,我不禁对去美国的参团旅行产生了极大疑问,早听说美国的导游良莠不齐,最好还是不要参团旅行吧。但是对这位大叔,我还是心生感激的,毕竟他是我们到美国后遇见的第一位极具实用性的交通指导。

等候近两个小时,LP 的飞机终于到了。我们坐廉价 FOX 租车公司的免费大巴去到公司办公室,顺利办理完租车手续(整整办了半个小时,排在我们后面的人们等到崩溃)。我们去停车场挑了辆黄色道奇吉普车,我给它起名叫阿黄。在车上装好 GPS,我们便开始我们的美国自驾之旅啦。

我们晚上入住圣莫妮卡海滩的速 8 酒店。酒店条件设施十分好,比国内的三星级酒店还要好些。价格 90 多美元倒也不便宜,但是想想人家美国人挣美元的话,住这种酒店也就不过是花上 90 多块钱,生活成本其实比咱们北京低得多了。

夜里 11 点钟,肚子饿得熬不住,开上阿黄去 Seven Eleven 买三明治吃。换了辆车,我还真的要适应一下,好在阿黄起步和加速都比较肉,最多开得慢点,出不了什么大事。

美国到底是移民国家,我从飞机落地直到收拾停当上床休息,不知怎么一点都没有身处异乡的陌生感。

街道上的霓虹灯显得都很自然熟悉，那些英文都是我们最习惯的用法，开车时路上的各种标志也都跟国内的习惯一样（据说我们就是跟美国全盘学来的，也难怪中国人到了美国全都迅速掌握开车技能）。

总之到美国的第一天，明明是一个大洋彼岸这么遥远的国度，我却觉得比到埃及或希腊等国家要熟悉自然得多。美国的亲切感，从第一个夜晚就已开始显现了。

洛杉矶，原来星光大道是如此规模

9月29日

时差的威力的确不可小觑，夜里3点醒来，我好不容易才睡着，7点钟被小S开门声惊醒。原来她也是从3点多就不能再入睡，熬到6点去吃了速8的免费早餐。

飞儿和LP那一对也都已经起来了，闹了半天我居然是时差倒得最好的，起码3点以后我还又睡着了。

圣莫妮卡是洛杉矶著名的度假海滩。我们先去海边看了看，天气不好，雾霭沉沉能见度不高。海水灰灰的，一点不好看。

又去购物街走了一下，所有店铺都要10点开门，现在还没到营业时间。

这个圣莫妮卡区于是没什么值得留恋的了，飞儿和LP送我和小S去好莱坞，他们俩再返回机场去接小明。

早在网上见过前人评价好莱坞其实名不副实，规模并不很大。去了柯达剧院和中国剧院。柯达剧院完全就像个小电影院，那从一楼到地下一层的楼梯倒还有点星光大道的韵味。

整个中国剧院门前的广场，都还不如我们单位门前广场的面积大，挤满了明星们的手印脚印。我只找到了一个尼古拉斯·凯奇的，随便拍了张照片，赶紧离开这满是旅游团的是非之地。

所谓星光大道，其实就是中国剧院门前的那条人行道。真不知每年好莱坞颁奖时他们怎么拍出来那场面的，我看就是条普通人行道而已。跟小S在迈克尔·杰克逊和成龙的名字前合影后，这好莱坞也就没什么可看的了。

当年在戛纳电影宫前，鄙视门前红地毯那么旧的时候，还真不知道好莱坞场面这么小。相比之下，戛纳电影宫的规模倒似乎还比好莱坞大一些。

跟一位大叔和两位女士相继打听了在哪里可以见到山上写着的好莱坞大字。

他们说得都那么清楚明白，用的词汇和语法结构都是我们所最熟悉最常用的。以前在澳洲旅行已经感觉到在英语国家旅行的便利，这次来到美国，发现澳洲人的英语对于我们来说，就像四川人讲的普通话，而美国人的英语，那简直是北京人的普通话了。发现在美国旅行真的容易，美国电影文化是如此强势，所以我们最习惯的就是美国英语。

山上的好莱坞字体原来一点不大，远远看去非常稀松平常，根本不像以前在电影里见到的那么有吸引力。

去邮局买了邮票，我寄了明信片给自己和朋友后，便和小S一起去吃麦当劳。要说美国麦当劳的汉堡的味道，似乎还真的比国内的好吃些。

我们在麦当劳里见到无数残疾人大叔或弟弟或姐姐。小S说，美国残疾人可真多。在后面的行程里我们才发现，美国的各种设施太方便残疾人生活了。

吃过饭后,我和小S都很困,还好在柯达剧院楼上的广场碰见了飞儿他们三个。在美国洛杉矶的好莱坞都能够碰见,要说也还真的挺有缘的呢。

要了车钥匙,我回车里休息。似乎才睡了一分钟,他们仨就逛完好莱坞回来了。我们开车去比弗利山逛了逛,四个虚荣的女人扒着车窗看传说中的豪宅,只可惜庭院深深深几许,那些所谓的豪宅都大门紧闭,根本看不到里面的风景。

然后去了一条名店大街,我和小S知道自己什么都买不起,就只在蒂凡尼啊、H&W啊门口拍张"到此一游照"罢了。

一天逛下来,我已经感觉十分劳累,到预订好的BANANA青年旅舍办好入住。今晚要住六人间且男女混住,这在我还是平生第一次,不知今晚能不能睡好呢。

顾不上吃晚饭,我们去了山顶一个天文台看洛杉矶夜景。

所有城市的夜景看起来几乎都差不多,不过感觉洛杉矶的高楼大厦可比北京少多了。

花5美元看了场穹幕电影,我去埃及时办的国际学生证再次派上用场,居然省掉2美元,这学生证真的受益无穷。

美国人的穹幕电影十分有趣,有位中年女士现场配音,这么看起来,那每一场应该感觉都会有些微不同,哪怕她多说一句或少说一句,或者语速快点慢点,不都是个性化吗?

可惜我实在太困了,虽然几乎拿手指头撑着眼皮,还是基本以睡眠状态看完了历时半个多小时的电影。

夜凉如水，在去院子里的大天文望远镜看了看电影里讲到的丘比特星和北极星之后，我们开车到一家超市去买了水和一些食物，回青年旅舍拌个西红柿吃点土豆泥赶紧睡觉。

夜里3点，有室友开电扇把我惊醒。我毫不客气地去关了电扇，用了好久才勉强又睡着。时差的威力真大，到哪天我才能不夜里3点醒来呢？

拉斯维加斯，站在威尼斯小桥上，我有种落泪的冲动

9月30日

其实一夜睡得还可以。看来今后出门旅行再也不怕独行，如果去不发达国家或地区，经济上可以自己包标间住的那就包标间住；去发达国家标间太贵的，那就住青年旅舍多人间的床位，也不是以前想象的那么吵闹，不能入睡。

飞儿好似睡得不不如我好，一上午路程中都在睡觉。今天需要赶路五个小时去拉斯维加斯。途中加油一次，飞儿他们很顺利地刷了信用卡加油，过程中完全不需要加油站人工帮助，真是方便。

这是我第一次在美国长途开车，感觉还是有些累的。美国的公路都不像我们的高速那样旁边有隔离带，不过州际公路都是单向行驶的，不用担心会车。限速 75 英里相当于 120 公里每小时，我们的阿黄在上坡时还是有些费力，要把油门踩到很低。

感觉我们今天这五小时的距离应该海拔上升了很多，因为一直在上坡。

下午2点半，顺利到达了拉斯维加斯的青年旅舍。约好了办完入住先去陪飞儿他们买今晚演出票，然后再一起去 Outlets 购物。

我真正在 Outlets 待的时间最多也就一个半小时。像我这样购物时需要货比三家，有寻求最佳性价比强迫症的人，这么短时间是不能买到任何东西的，最后我只买了条 Coach 围巾了事。紧张开车送飞儿他们三人去看演出，然后我和小 S 把车停在一个很遥远的金三角酒店的停车场。我们跟另外一个停车的大哥打听好了这里停车是免费的，沾沾自喜地走了两公里回到拉斯维加斯主街上。

后来发现，拉斯维加斯任何酒店的停车场都是免费停车的，这就是拉斯维加斯用来吸引赌客们的一个基本促销手段。而我们为了确保免费，把车停在估计是最远的一个停车场，想贪点小便宜容易吗？

在一家购物中心三层吃了顿很不错的中餐，一共才不到 6 美元的套餐中，大叔给我盛的烤鸡肉足有半斤，连旁边排队的一位欧洲姐姐都小声惊叫了一下，估计以为我是身量小食量大的大力士呢。

餐后，在 Forever 21 继续购物近两个小时，这回很满意地买了件红色休闲西装。在日后的行程里这件衣服屡次出现在我的照片中。

购物中心 10 点关门，在门口等小 S 结账时，看街上霓虹灯闪烁，繁华似锦。忽然我发现石凳上趴着只蟑螂，心里有点莫名其妙的滑稽感，如此奢华，如此繁荣，还不是有小强在这里肆行无忌，大厦背后永远有小屋，阴影中永远有肮脏，哪有天堂？

我指给旁边一位委内瑞拉大叔看小强的存在，大叔英文甚是不流利，但估计见我主动对他讲话，感动到无以复加，跟我强调了好几次他住在哪家酒店，还指给我看大约地址。他后来见我毫无与他继续结伴游玩的态度，又对他自己的英文水平道歉了几遍，终于告别离去。

待小S结账出来，购物中心正式关门。此刻晚上10点，美国沙漠中的绿洲，世界最著名的赌都拉斯维加斯开始进入黄金时段。

恰好今天是周五，街头熙熙攘攘，美女们都身着晚礼盛装，我和小S穿着North Face和牛仔裤在她们身边显得十分另类。

美国天气似乎比北京还要温暖很多，尤其在拉斯维加斯，夜晚10点钟应该也有摄氏28度左右。我们热得满头大汗，心想姐在中国好歹也是有几件很拿得出手的晚礼服的，谁能想到来拉斯维加斯还需要充这个场面呢？

跟着人群在街上看了一场免费的Show，故事好像是一群海盗和一群美女之间的故事。只见烟花爆竹乱放，一会儿船倒进水里，女主和男主大声歌唱，结尾又似乎是爱情的喜剧大结局。剧情是完全没有看懂，热闹我倒看了个够。

小S说，一定要进著名的威尼斯人酒店去参观，因为酒店里有条河，可以划船唱歌。

这酒店内有河流，还真是第一次听说，赶忙跟着她前去。进得酒店先是大片老虎机，各种轮盘赌，与其他奢华的赌场酒店无甚区别。信步走到另一间大厅,也算见过世面的我瞬间惊呆了。周围房间结构完全是欧洲式样,眼前一条人工小河缓缓流过,一条贡多拉小船载着一对情侣迎面而来。船工戴着典型的意大利宽檐帽唱着"我的太阳",最妙是头顶上静静飘着蓝天白云,效果真实到无以复加,我忽然有种落泪的冲动。

现在明明是夜里11点时分,我从外面漆黑的黑夜中来,进得这间酒店就变了彻头彻尾的白天,我在熟悉的威尼斯桥上眯着眼看蓝天白云。

美国人太有钱了,他们真的可以用金钱做到很多我们所不能实现的事情,比如,把黑夜变成白天,那么,他们还有什么所不能的呢?

去威尼斯酒店的阳台上,我观看了对面的水火喷泉。本来也该算壮观,但自从见到了酒店里的蓝天白云后,我的神智太受打击,很难再对其他事物产生惊奇。加之也的确困倦以极,我看完喷泉后也就想回青年旅舍睡觉了。我不得不又走回两公里去取车,过天桥时看见有位落魄老人拉手风琴,是我特别熟悉的忧伤旋律,却叫不上名字来。这天桥距离威尼斯人酒店咫尺之遥,老人衣衫褴褛。

走过很久,都想转身回去问那位大爷,到底拉的是什么乐曲?

远离拉斯维加斯，人生第一次，端起机关枪

10月1日

早上9点半我们才正式从拉斯维加斯出发。今天打算先去科罗拉多大峡谷的西门，去看那著名的空中玻璃桥，然后再到大峡谷南门住下，明天游览大峡谷南缘。

从拉斯维加斯出来后不久我们就遇到一个美丽的湖。此时此地，天地已经变得十分宽阔，四处望不到尽头。难怪说拉斯维加斯是沙漠中的绿洲，环绕这个城市的真的就是大沙漠。我已开始看到美国风光的好，这样一望无际，向四个方向都看不到尽头的风景，正是我最喜欢的广阔与荒凉。

途中经过一个小村子，一共没有几间房，我们试图去最大的一间房子——邮局里面找洗手间，洗手间倒是没找到，不过看到了现实版美国通缉令。三个面目狰狞的男人从照片里瞪着我，我拉小明过来看通缉令。小明说天哪，都是性侵犯罪行。

出去坐回车里，我们跟他们说看到了通缉令，LP和飞儿也赶忙跑进去看。国人很少见到通缉令，不知是我国犯罪率低呢，还

是警察们不相信依靠通缉令能够发动群众找到罪犯呢?

去往大峡谷西门的路况不太好,从限速 60 英里的宽马路,逐渐走入限速 45 英里的村间窄路,最后干脆是一个多小时的石子路,我们好不容易开到西门口。

进到游客中心一打听,我们几个都傻眼了。这个玻璃桥的运作方式太中国化了:玻璃桥本身的票价才 30 多美元,但是如果想去参观玻璃桥,必须报一个旅游团,包括一些亲子活动什么的毫无意义白挣钱的东西,总共每人要 100 多美元。也就是说,我们五个人要花五六百美元去这个玻璃桥。本来也不是完全不可以,只是这种运作方式太招人讨厌,我们一致决定放弃玻璃桥,直接去大峡谷南门算了。

开过那一个多小时的石子路,已经下午 2 点多钟,大家饿得七荤八素,到处找吃的过程中。忽然发现一家枪械专卖店,我们立刻冲进去看新鲜,在国内哪有机会见这么多枪?

店内的老板和一位老大爷甚是和善,我跟大爷说他好像一位退休的警察,他于是开心地摆姿势给我拍照。店主更是热情地提供大机关枪和手枪给我们拿着照相,那种真实感和分量,还是很震撼的。这可是我人生第一次,端起了机关枪啊。

傍晚 6 点时分,我们才到达距离大峡谷南门最近的小镇威廉姆斯。

这个威廉姆斯小镇据说是 66 号公路的终点,曾经十分出名。

关于 66 号公路的历史,我在来美国前完全不知道它的背景。

飞儿她们告诉我，这 66 号公路似乎是美国西部发家的源头，所有美国西部人对这条公路都充满了感情和感激。

关于这条公路的更详尽的介绍，明天早上自会言明。从今天起直到黄石公园之前，我们都没有订过住宿，每天早上出发时也不确定晚上会住到哪里，从此开始了我们不可预知未来的，有无数不确定性而又令人兴奋的美国自由之旅。

打问了几家 Motel 之后，我们选择住在一对老夫妻开的旅舍里。这家比较靠近镇中心，价格才不到 60 美元，室内环境也很不错。美国的住宿真的是又方便又便宜，从性价比来说，真的比国内还好。

安顿下来后，我们出去吃饭，恰逢夕阳落山，小镇华灯初上，对面一辆人力马车滴答而来，有种不切实际的梦幻感。

我们去了连续两个当地人推荐的餐厅吃晚餐，点的两个 Home Made 的主菜实在不敢恭维，勉强吃蔬菜沙拉填饱了肚子，赶在 9 点前回到旅舍，10 点前上床入睡。

在美国我过上了爸妈一直期待我过的生活，每天晚上 10 点前就睡的健康日子。只是每天夜里我依然 3 点准时醒来，折腾很久才能再度入睡且不能睡熟。这时差到底要何时才不再困扰我呢？

大峡谷，曾经以为我的家，是一张张的票根

10月2日

早上依旧5点就醒，怎么也不能再入睡，我们只好起来洗澡收拾出门去散步。

6点半的清晨，气温肯定不到10度，十分寒冷。路上只遇到两位跑步的老大爷，都很友好地跟我点头招呼。我回想这美国小镇中所见之人，似乎也以老年人居多。

大概也如我国的年轻人一样，他们都去大城市感受繁华现代生活，只留老人在这偏远小镇，怀念昔日的繁荣。

看到一家尚未开门营业的房地产中介的橱窗上，贴着该镇正在出售的一些房产。平均一套两间卧室带花园和车库的房子（美国人的房子都是平房，可以定义为我国的别墅了），价格在10万到20万美元之间，相比北京的房价，那真的便宜得令人惊讶。

也许该建议我国为买不起房子而忧愁的80后们，到美国小镇买房吧，太便宜了。

信步走到 Williames 镇火车站，被眼前的美景惊呆了。

朝阳火红的颜色，映照在荒凉的火车站和唯一一辆略显残破的火车上，整个火车站没有候车室，只有一棵树下的两把长椅显示这里会有人等车。一切显得那么空旷无人，却又那么的具有无尽的吸引力。

这样的旷野里的火车站，激发起我所有漂泊的天性。我真想就这样踏上一辆路过的火车，不知要去哪里，不知要在哪里下车，随便买一张票就去往一个未知的小镇；坐得累了，就下车到小镇待上几天，在酒吧或餐馆里打工赚点小费，像《蓝莓之夜》的女主人公一般。唯一可以循到她踪迹的，是她从每一个小镇寄出的明信片。"曾经以为我的家，是一张张的票根……"

这个火车站，令我再也不能欺骗自己地爱上了美国。也许我不爱美国政府，也未必爱美国人，但我真的喜欢美西的风景，真的喜欢这样自由而漂泊的感觉。

这不就跟我在国内青藏高原每一年坐长途汽车旅行的方式一样吗？那是我最喜欢的旅行方式。也许，下一次来美国时，我就这么一个人坐上火车旅行。

回到旅舍，刚刚 7 点半，跟小 S 一起去吃免费的早餐，没想到早餐就设在旅舍那家小商店的一个简易小餐桌上。

我们于是边喝热咖啡，边跟开旅舍的大爷聊了起来。大爷名字叫 Ben，是有印第安血统的人。他的这家汽车旅馆始建于 1931 年，已有八十年的历史。

我说白种人来了之后把印第安人赶入了森林，直到现在你们尚没有被平等对待，不过现在你们有了个黑人总统，也许在民族和种族平等上会比以前好一些。他说更差了，大家不喜欢奥巴马。

看来当今总统，能得到全体人民的喜爱真的很难，如奥巴马那样有个人魅力的帅男，尚不能讨好民众，做政客也不容易。

Ben大爷给我们详细讲解了66号公路的历史，原来这条公路是从西部通往东部的第一条公路。以前只有马道，大家只能骑马去东部，要走上十天半月才能到达。修好这条公路后，美国人就可以开车从西部去东部了。这条路简直像美国人的黄河一样，是西部人的母亲公路。

Williames小镇是66号公路上最后一个把土地出售给政府的小镇。土地所有人当初放话说，只要他活着，他就不会把土地卖给政府去修一条新的公路取代66号公路。然而他一死，他老婆就立刻把土地卖了换了钱。于是政府才得以在1985年修了现在的40号洲际公路，66号公路从此废止。Willianmes小镇于是除了作为游客们到大峡谷的住宿地点以外，再也不是主干道上的一个重要交通枢纽。

Ben大爷到底是土生土长的当地人，他指给我们看对面远处一座红色两层砖房，说那间房子已经有二百年历史，以前就是马车旅店，后来是汽车旅店，直到今天。

看那砖房，与其他房屋也无甚区别，竟然已有二百年历史，人家国家盖房子时真高瞻远瞩，用能够支撑二百年的材料来搭建，时过境迁依然挺立，真是高瞻远瞩。

跟Ben大爷开玩笑说，以前没有66号公路时，那些骑马而来的人们，到小镇上就开始喝啤酒，然后互相射击；必有一名英雄警察，杀掉所有坏人保护镇中人民。

大爷微笑看着我说："你约翰·韦恩的片子看多了，人们不互相射杀的,一般警察也没那么厉害。"

谈笑间时间过得甚快,飞儿他们已经在门口等候。8点出发,一小时后我们到达大峡谷南门。经过前面两天城市游以后,今天才算正式开始美西国家公园之旅。

在游客中心,给自己买了个围巾和一副毛线手套。经过今天清晨的大寒,我估计以后的行程里会经常挨冻,买双手套至少在寒冷气候下依然可以拿相机。

寄了两张明信片,买到了80美元的美国国家公园年票,其实就是一张跟商场会员卡一般大小的卡。美国的国家公园基本等于公益事业,相比我们国内的公园票价来说,美国的公园年票就等于不收钱。我这张年票有效期到明年10月份,背后有两个人签字的地方,任何一个签了字的人,都可以持这张年票,带一车人(无论这辆车里坐了多少人)进美国的任何国家公园。我们五个人,每人等于花了人民币100元,就把此行所有的门票都付了。

公园门口设一间小屋,里面有个工作人员验票,我们需要把护照和那张年票卡一起交给他。他给我们许多中文的和英文的公园手册,写着各种安全须知以及景点介绍。

进入大峡谷后,游客是不能开自己的车深入景区的,要把车停下,坐景区里的大巴去各个观景台。这点跟新疆喀纳斯,四川九寨沟一样。

不同的是在美国国家公园里坐大巴,都是真正的"坐"着,而在中国坐任何景区的大巴,能挤上去就不错了,根本别想期待一个座位。

大峡谷真正壮观，平地陷下去 1000 米，沟壑鲜明。峡谷深处还流淌着科罗拉多河，加上今天艳阳高照，此情此景，堪称壮丽。

不过看到第五个观景台时，我已彻底审美疲劳，时间也早过正午，肚子饿得辘辘直叫。景区大巴开到峡谷南缘的尽头，终于拐回我们停车地点。我们开上车吃饭去也。

在大峡谷内唯一的游客中心吃了个世上最咸的热狗。我回想起九寨沟的那顿可怕午餐，看来无论中外，景区游客中心的饭，能不吃就别吃得好。

在超市里买了六瓶水，价格比我们在洛杉矶超市里买的那二十四瓶水还贵。到底各国旅游规则还是一样，估计美国大酒店大饭店里的酒水也比超市里贵上至少十倍八倍，不然国人是从哪里学来的这些招数的呢？

出大峡谷之前去的最后一个景点，是一个叫 Desert View 的地方，居然十分壮观美丽。赶上下午三四点钟的太阳已经有些西斜，气温似乎比正午下降了至少 5 度，配上已是金黄的树叶和陈旧的古堡，令人不禁想起《简·爱》里所描述的荒原之美，这是我最喜欢的大峡谷公园中的一处地方。

出大峡谷东门，我们选择了一条穿过国家森林的山路，奔向距离宰恩公园最近的小镇 Kanab。

很快，我们遇到了倾盆大雨。前风挡玻璃外几乎完全看不到路，还好几分钟后雨就停了。然后，无尽的荒原上就出现了一道亮丽的彩虹。空气那么干净透明，彩虹那样鲜艳灿烂，雨后的荒原在阳光照耀下格外广阔而美好。我们就这么直盯着夕阳落山，看天边的晚霞从黄变红直至暗淡。

LP 很了不起地在昏暗的光线下穿越国家森林，开车穿过了一个州际线。从亚利桑那州进入犹他州，时差减少了一个小时。

从洛杉矶跟北京时差十五小时，到今晚与北京时差十四小时。这种同一国家内还要随时调表的规矩，跟澳大利亚一样令人很不习惯。

于是，洛杉矶时间晚7点，Kanab 时间晚8点，我们到达了著名的美国西部片摄影基地小镇 Kanab。小明对约翰·韦恩住过的旅店甚感兴趣，不过我们还是很现实地选择了另外一家价格便宜得多、室内环境又很好的旅舍住。据说这家旅舍的老板是摩门教徒，我们分析这大概是他的旅舍性价比如此好的主要原因吧，毕竟摩门教在美国还是小教，恐怕难免受大教派歧视。提到摩门教，就一定会想到福尔摩斯探案集中那篇《血字的研究》，讲述摩门教徒可以娶四个老婆的习俗。再看我们车里这五人组合，一男四女，倒也不给别人什么机会。

办好入住，我们去一家墨西哥餐厅吃饭。大家从菜单的不同页面点了五个名字截然不同的菜，待端上来一看，除了我的鱼三明治以外，其他四人的似乎都是同一种吃食，配菜完全一样，只是食材略有区别，做法也完全相同。而我的所谓三明治，跟我想象的截然不同，就像一份没有加沙拉酱的大汉堡，里面一块憨憨的煎鱼，配的薯条根本不是麦当劳中为国人所熟悉的亲切薯条，而是每根长达20厘米的粗壮烤薯条，一点味道都没有。吃了两根我就已经很饱，对墨西哥菜从此再无兴趣。

我们匆匆吃完回去休息，明天和后天行程依旧很紧，约好明早7点就出发。本来就比洛杉矶时间早了一个小时，明天再早出发，等于之前的6点。我们都是为游玩肯花精力和体力之人，只盼望一件事，今晚能够睡个整觉，别再3点就醒，阿弥陀佛。

布莱斯国家公园，一切发生得如此突然

10月3日

虽然已是犹他州时间，我本来期待可以睡到早上6点醒，没想到依然5点就醒。我不得不屈服于时差的威力，十四个小时时差，跟欧洲那六七个小时真不可相提并论。

早餐要去十字路口对面的另一家旅舍吃，我独自在依旧是黑夜的6点多钟跑过去。店家老奶奶甚至还没来得及把水烧热，冲了咖啡也是温水。

我拼尽全力帮老奶奶换了桶纯净水，奶奶很随意地谢了我一声，也许觉得我这帮助也十分不给力。

快到7点，飞儿他们三个推门进来。恰好一位老爷爷也来吃早餐，抓住我就聊了起来。他是从加拿大来美国旅行的，我问他加拿大风光跟美国相似吗？他说民风倒有点像，风景那就不同，加拿大绿化得更好些，更多森林树木。而且加拿大政府比美国政府对人民好多了，人民在加拿大生活比较幸福。没想到大爷跟我谈得这么深入，回想之前数次国外旅行，总是会遇见各种各样大爷，我真是个有爷爷缘的人。

正式出发前，我们先去约翰·韦恩住过的旅舍看了看。小明拿了份资料，列数有多少部美国电影是在这个小镇拍摄的。听起来这个 Kanab 小镇简直就是美国的横店，清宫片全在横店拍，美国西部片就全在 Kanab 拍了。上午我们先去了宰恩公园，还是坐景区大巴到头再坐回来。宰恩是著名的徒步爬山的地方，我们这样坐车游览并不太适合，看不到什么太美的风光。

从宰恩去布莱斯，途中在一家加油站旁的快餐店吃午餐。遇见三位来这边猎鹿的大叔，每个人身材足顶我三个。

坐我旁边那位名叫 Client，很羞涩内向。听到我从中国来，他说他叔叔娶了个中国婶婶，然后立刻就拨通了电话不知给谁。他问了半天，接着跟我说婶婶是广东人，叔叔跟她一起在广东住了二十年，去年才回到美国。

我想起我们在澳洲珀斯遇见的出租车大叔，也是听说我们是中国人就立刻拨通他天津老婆的电话，让老婆跟我们聊天。难道外国人都这么可爱？或者他们打电话不花钱？

Client 给我看他们猎杀的那头鹿的照片，即使从模糊的手机里看，那头鹿也是睁着眼睛惨不忍睹。最后，我们跟三位大叔合影留念。回国后有朋友看到后对我说："美国人好大只啊，我跟他们在一起，显得前所未有的娇小。"

我们吃过饭，已经下午 2 点半。今天游览过布莱斯后还要赶到拱门附近住下，时间挺紧张的，不过我也依然按照限速老老实实地开着车，并未超速。

对面远处来了一辆卡车，好像堆了很多东西。就在我的车跟它会车的一刹那，最顶上绑着的一把椅子突然掉落，砸向我的前挡风玻璃。我立即紧踩刹车，不敢打轮，因为美国车行速度都非常快，这么一条通往公园的路，限速也是 65 英里（相当于 100 公里），随便打轮的话可能会被后面来车直接撞翻，或者自己翻进沟里去。

我一脚急刹车踩下去，车就直接压上了椅子。万幸这是一把塑料椅子，被我们的阿黄压得粉碎，但是车倒没什么损坏。

我终于慢慢把车停在路边，下去检查了一下车况和底盘，好像真的没事。这一停下车，害怕顿时占了上风，我的手开始发抖，浑身都发软了。

一切发生的如此突然，我现在想起手还微微发抖。镇定了几分钟，我重新上车，又不敢开得慢，因为人家美国人都习惯了快车速，这么一条双向单车道的路，如果我开得慢了，后面人非烦死不可，只好依旧以 65 英里的时速挨到布莱斯公园。停下车后，我总算松了口气。

早在国内，我就看过很多关于布莱斯的图片，地质特征极其壮观美丽。今日亲眼所见，布莱斯果然如照片那么好看。

我们看过最核心的三个观景点以后，惦记着今晚要赶到拱门去，也就匆匆离开。

旅途中一切讲究缘分，上午的宰恩比起下午的布莱斯来说，实在没什么可取之处，我们却在宰恩公园里逗留三四个小时，而布莱斯，只待了两小时不到。

今日余下的时光就是拼命赶路了，我们起初决定去一个叫做

"Green River"的小镇住宿，一路超速开到这个小镇。从小镇一头望向另一头，十分黑暗荒凉。飞儿用手机上网一搜，整个小镇只有七八家能提供住宿的 Motel。我们问过一家，已经客满，且庭院鬼影重重甚是可怕。

飞儿当即决定我们不住这里，继续赶两个小时路住到距离拱门只有 5 英里的 Moab 小镇去。

这下需要开夜车了，我的眼睛做过近视手术，夜晚从来不主动开车。依我看飞儿跟 LP 这夜间视力也很是一般，屋漏又逢连阴雨地遇到了修路，最后赶往 Moab 的这两个小时真是度日如年。

好在 Moab 没有令我们失望，一派繁华似锦。不似其他小镇只有一条街道，从镇东头到镇西头最多也就 1 公里四个红绿灯。

这 Moab 至少横平竖直三条主街，开车经过四五个红绿灯仿佛才到镇中心，我们经过前面三天在山里打转，今日见到一个有三条街的镇子，也兴奋地大叫，这不是个 Town，简直是个 City 呀!

不过繁华总需付出代价的，这个小镇所有的住宿都比前几天的小镇贵得多，而且问过四五家 Motel 都客满。

即将绝望之时，我们看到离开主街一点距离的一家 Motel 写着还有房。赶忙进去登记入住。一晚 89 美元，是我们除黄石公园和洛杉矶圣莫妮卡海滩外最贵的一晚住宿。

但是条件真的好，屋里两张宽 1.6 米的大双人床，还有非常完善的厨房、火炉、微波炉。

我们当即决定今晚去超市买东西自己回来做饭吃。吃了这么些天美国的汉堡三明治，真想喝点热汤吃点蔬菜啊。

我们在超市里买了各种青菜和方便面（美国超市里都有方便

面），飞儿办了张超市的会员卡，很多商品打了好多折。要说美国超市里的东西真的很便宜，即使算了汇率，都比国内的便宜，尤其是食品，又便宜质量又好。难怪总听说在美国生活容易，房子便宜，食物也便宜啊。

小明去找老板娘借到全套的餐具（虽说是全套餐具，所有餐刀都是西餐刀，没一把合手的菜刀），我们就开始操作起来。

飞儿拌了非常好吃的酸奶草莓，我煮了方便面西兰花，拌了生菜沙拉。按说这些东西在国内实在算不得什么好吃的，但在美国的 Moab 小镇，我们把方便面的汤都喝得一干二净。

我们到底还是中国人，更喜欢中国人的饮食。

吃过饭已经 11 点多，明早还要 7 点出发。我每天这样赶路奔波，竟然到今天还没有生病，身体也无不适，回想到埃及的第五天就已经病倒，看来发达国家的食材和各种设施的舒适还是更利于旅行。

死马点洲际公园，We are not fast（别指望我们快）

10月4日

　　Moab 镇离拱门公园真的只有 5 英里，难怪住宿那么贵，完全是旅游景点价嘛。

　　在国内就听说拱门公园最为荒凉，今晨出发时有点小雨，天阴沉沉笼罩在无尽荒原上，景观使人想起电影《德伯家的苔丝》中最后苔丝被警察抓到时的那些巨型石阵。

　　到达拱门公园时，还不到早晨 8 点钟。门口平常验票和发放公园手册的那间小房子根本没开门，窗户上贴着张纸说"我们现在 close（关门）了，请自行开车进去游览"，可见美国公园是多么不依靠公园这门票增加收入啊。

　　进到公园里，我才知道为何人们传说它如此遥远荒凉，原来这里跟我们之前去过的所有国家公园都不同，我们必须弃车步行，才能到达各个观景点。

　　我们只去了一个优雅拱门，往返就步行了 5 公里，而且是不断翻山越岭，途中且有很艰难的巨石路段，少走 500 米都看不到优雅拱门,非要转过最后一个弯,那拱门才能在眼前。

我们走得身体像散了架子,总算到达优雅拱门。今天天气真的不好,阴天且光线很暗,怎么拍都拍不出优雅拱门的美来。倒是地上毫不惧人的小花栗鼠,给我们的心情添了很多快乐。

我们爬山越岭回到出发点,再走几公里去了个风景拱门后,因为惦记着今天还要去看一个死马点公园,又因为天黑前还要赶到盐湖城去住下,不敢再恋战,匆匆离开拱门公园。我相信,如果有个晴朗的好天气,这拱门公园一定是非常壮观震撼的。死马点公园不是国家公园,算是个州属公园,因此我们每人还花了2美元的门票钱,不过相比国内公园门票价格,我觉得也不贵。

开车到观景点向下一看,真的惊呆了:这死马点公园自己本身没什么可看的,据说只是以前美国人选马的地方,到处荒凉如沙漠,地上许多枯干倒伏的树枝,有点像巴丹吉林沙漠的感觉。

但险中取胜的是,这个死马点占据了向下观常峡谷地国家公园的最佳观景点。站在死马点的观景点向下看峡谷地,科罗拉多河蜿蜒成马蹄状穿过整个峡谷,峡谷是红色,河流呈浅绿色,天空淡蓝,一切仿佛油画般鲜艳夺目。

我终于明白为什么西方人最擅长油画,而国人则更倾向水彩:因为他们的风景就是对比度如此鲜艳,眼睛看过去就是一幅油画;而我们祖国河山除出青藏高原的蓝天白云,大部分河山则温和清淡很多,赶上阴雨,比如桂林,还更适合画水墨。

下午3点多,我们依旧徘徊在死马点公园中,尚未吃午餐。好不容易见到游客中心旁边有辆快餐车,饿得发疯的我们赶紧去买东西吃。

餐车的广告语是"We are not fast food, we are good food"（我们不是快餐食品，我们是好吃的食物）。我们每人点了个蛋卷，没想到餐车中的老奶奶竟然做了半个小时才全部做好。

排在我们身后的两位高大美国大叔倒是很有耐心，而我们三个女生已经趴在窗口恨不得钻进车里去帮忙了。

终于吃上蛋卷后，LP说了句很经典的评语："原来人家的广告重点不是在'good food'（好吃的食物）上，而是在'We are not fast'（别指望我们快）上。"

吃完就开始往盐湖城赶路，除了开车的我之外，其他四个人都睡得昏天黑地。

我的车在犹他州无尽荒原上以时速75英里驰骋，周围几乎见不到其他的车，更加别提有人。太阳时而从云朵后露出一点金色的光芒，四处全都看不到尽头。

我忽然第一次很享受开车的感觉，现在就好像我一个人开着车，在美国大地上自由奔走。我终于理解为什么二笨每次出国，总是喜欢开车旅行：开车可以更多的掌控自己的去向，或许感觉上，可以更多的掌握自己的命运。

天擦黑时，我们到达了盐湖城的卫星小镇Provo。这里距离盐湖城大概三四十英里，已经挺繁华。

书上说，很多美国人并不喜欢住在城市中心，更愿意住在像Provo这样的小镇里，开车进城用不了一个小时，回到家里不需忍受城市的嘈杂和拥挤。这种价值观跟那些住在顺义、怀柔的别墅里的有钱人，倒是很一致。

我们选了家镇中心的 Motel 入住，前台是一个好似来自印度或其他南亚国家的女孩，英语有点口音。我们问她最近的大超市怎么走，她硬是没说清楚。后来我们还是问过马路上一对夜晚跑步的情侣，才知道要走过四个街区才能到达。今天我们打算大采购，因为预计从明天进入黄石公园后，就没机会再找到超市了。这家 Smith 超市跟昨天飞儿办会员卡的超市属于连锁，飞儿的会员卡依旧能用，很多商品可以打折，更加验证了美国商品又便宜质量又好。美国人依靠掌握世界贸易规则剥削全世界，占尽全世界的资源，他的国人当然比全世界其他地方的人都生活得更容易更舒适，这一点，大概跟国内北京人的优越感一样吧。在美国，我时时刻刻能够感受到美国人"人生得意须尽欢"的生活方式。不过秦可卿说过"月满则亏，水满则溢"，美国人这样极尽奢华，耗尽能源，总有一天会食得后果。

我们为了继续像昨天一样自己煮点汤喝，特意订了间带厨房的房间。没想到前台的女孩子说，她不能借餐具给我们，只给了一些一次性的盘子和塑料刀叉，我们对着买回来的方便面和西兰花等食物傻眼了。

飞儿他们直接放弃做饭，出去吃，我拌了个蔬菜沙拉跟小 S 凑合吃点赶紧睡了，明天要赶路到黄石去。每一天的行程都很紧张，不敢熬夜。

黄石，如果有双熊掌搭上了我的肩膀，我是该跑还是该装死呢？

10月5日

从昨天起，一直有点小雨，网上说黄石已经零度，所以我们早晨出发先去盐湖城附近的一家购物中心买厚衣服。

我逛了一个小时，衣服没买到一件。不过小明发现了一家"Cheese cake factory"，据说是美国最好的蛋糕店。小S买了一块给大家分享，的确可称得上我吃过的最好的蛋糕。不知还有没有缘分，将来我能再吃上一块这里的蛋糕啊。

离开购物中心也已经中午时分，我们一路连饭都不敢吃，足足开到下午5点才到达黄石公园西门。

这一路越行越冷，下午加油时我已经穿上羽绒服。进公园门的时候门口发公园手册的阿姨跟我们说，去住宿的北门，需要开车大约一个半小时。我不禁心里盘算，这是一个什么概念的公园啊？从西门到北门需要开车一个半小时。

结果，GPS记录我们开了将近60英里才到达北门，真的开了一个半小时。

我们订的住宿虽然说是在黄石公园里，其实也就已经挨着北门了，开车几英里就出北门。

办理入住的时候，她们三个女生忙着跟前台交涉，我看到大厅旁边有间很大的房间，里面放着好多椅子，很像报告厅。旁边还有些小圆桌，一些老爷爷老奶奶在圆桌旁坐着或打牌或聊天；角落有架钢琴，一位老爷爷正在弹琴；屋中央的空旷地上还有一对老夫妇在跳华尔兹。在室外几乎零度的寒冷气候下，这幅场面极其温馨温暖。

身边出现了个小伙子跟我说，晚上8点半这间活动室里会放录像，介绍黄石的历史和现在，邀请我来看。我说看我们时间的安排吧。

办好入住各自回到房间，房间里倒是很舒适，暖气很暖和。不过室内没有卫生间，需要走大约二百米才能去卫生间，这一点，白天看起来好像毫无问题，晚上感觉可就太不方便了。

首先，气候十分寒冷；其次黄石公园是著名的野生动物出没的公园，有天我夜里1点多钟去厕所，几乎没把自己给吓死，总在考虑如果此时一双熊掌搭上我的肩膀，我到底是该装死还是该跑？

吃了点自己拌的沙拉和薯片后，我和小S去看8点半的录像。这录像其实就是一些从上个世纪二三十年代开始的摄影作品，弹钢琴的大叔现场伴奏，感觉真的就比配好了音乐播放的效果好。

刚才介绍我们来看这录像的小伙子又过来搭讪，德国人，去年到过北京旅行。他说他是这家旅店的行李员，非常喜欢旅行，他每年去四五个国家游玩。

看来美国是一个全民中产的国家，就连一个酒店的行李员，也可以凭他的工资和小费收入，一年去四五个国家旅行。

看完录像回到房间，我把从国内带出来的唯一一本小说迅速看完，屋内既无电视又无音响，连手机都没有信号，我再也无事可做。又是不到10点就睡了，在美国生活太健康。

出发前没有想到，我们在如此号称世界第一繁华的美国，居然会沦落到每天晚上枯燥守空房的地步。小明和飞儿各执一个kindle电子书看个没完，我暗下决心，回国后第一件事就是买个电子书。以后无论多么荒凉，总有点文化享受伴随左右。

10月6日

早上7点，我们顶着小雨和浓雾出发，先走黄石的东北线。出发不一会儿就看到路边蹭痒痒的一头野牛，大家兴致开始高涨。

不过天气过于寒冷，快到中午时分干脆小雨变了小雪，我们每次离开车去各景点走栈道都需下很大决心。

这么冷的天气，天空又一直阴沉沉非雨即雪，拍照的情绪也不是很高。但回国后整理照片，别人却依然评价说黄石和大提顿公园的照片最好看，看来要么是我不会用相机反映犹他州荒凉的美，要么黄石的确有其可取之处，我肉眼看不出，但是照片却反映的出来。

一路沿东北线走了一半上八圈，看过了很多著名的喷泉，根本记不清它们的名字。

眼看就要到下八圈著名的老忠实泉，前面却封路了。工作人员说因为下雪封路，不知何时能开，让我们沿西北线的上八圈回到北门去。

我们也没什么办法可想,只好在下午4点钟就回到了住处。还好在住宿的旅店门口见到了大批驯鹿,心中十分高兴,我偷偷迂回着走到距离驯鹿比较近的地方去拍照。才拍了三五张,就听后面大爷狂喊,赶紧出来,离那些鹿远一点。

想起公园手册里说,距离野生动物要至少25米以上,此刻我离这些鹿大概不过十几米,似乎是挺危险的。

跟小S讪讪地走出草坪,觉得有点替中国人丢脸。不过我们俩的镜头都是28—75的,不走那么近的话,根本连个鹿脸都照不清楚,也算我们为摄影献身一次吧。

飞儿他们要出北门,去看看外面的小镇。我和小S已经饿得头晕眼花,去旅店的餐厅吃饭,点了飞儿他们推荐的意大利面和鱼。个人觉得实在太难吃了,我吃到胃酸想吐。

餐后回到房间,才不到8点。这样简单的完全没有娱乐的生活,也算对性格的一种磨炼。我在国内是很久没有这么清心寡欲了。

清晨半梦半醒间,竟然梦见了一个在国内并不是很熟悉,但却很投缘的朋友。在梦中,我又回到了姥姥家那个位于西单闹市却闹中取静的四合院。阳光下枣树开满了花,这个朋友在明亮而温暖的阳光下向我走来,问我一切好吗?

醒来的时候,我非常眷恋梦中的感觉,不知怎么就那样明亮、清新、温暖而美好,这种感觉,在现实中很久没有了。

10月7日

才出门,就听说黄石公园里已经全面封路,我们除了可以步行到附近的马莫斯温泉,其他景点现在都去不成。

马莫斯温泉景观比较像黄龙,很多黄色的结晶。我们冒着严寒逛了两个小时的马莫斯,依然没有听说可以开车上路的消息,只好回房间去休息吃东西。我干脆睡了个午觉,醒来下午2点,路开了,我们开车走西北线。

一日之隔,黄石公园里已经一派雪景。各个地热喷泉冒出浓浓的蒸汽,据说这些喷泉里的水温都有100度。我们穿梭于云山雾罩里,冻得要死。他们害怕明天还是封路,坚持今天要去看老忠实。

我们在下午5点钟到达老忠实。这个喷泉叫老忠实的原因是,它的喷发时间是可以预测的,十分准确,据说前后相差不到十分钟。

我们一看下一次喷发是5点22分,奔跑到观景点等候。我们太信任老忠实了,等了足足45分钟,它就是毫无喷发迹象。我问旁边一位住在附近经常来看老忠实的大妈,这喷泉到底忠实不忠实啊?

大妈说,平常是很忠实的,今天不知怎么了,竟然过了预计时间半个小时也不喷。

天已经擦黑了,我们最终放弃了对老忠实的期待,去到游客中心的餐厅吃饭。

这家餐厅无论装修、环境还是菜品,都比我们住的马莫斯那家餐厅好多了。

看餐厅墙上的照片,美国人盖房子的确有预见性,这家餐厅大概已有一百年历史了，也许进行过内部修整装潢，但是外观，从来没变过。

吃完饭已经晚上9点，我们要穿过几乎整个黄石公园，开车近100英里的山路，才能回到住处。

每个人心里都有点害怕，又怕遇见野生动物袭击我们，也怕雪地山路太滑容易出事。不知怎么就唱起了歌来，小明居然跨越几十年什么歌都会唱，我们最终定位于校园民谣。LP说这些是他读大学时所擅长，我根本不信。几个都是近85年出生的孩子，而这些校园民谣最盛行的时候，分明是94到95年，他们哪就能上得了大学了？

今天已经是在美国游玩的第十天，我们五个人从陌生到熟悉，终于唱起了同样的歌。我也终于得知飞儿他们三个都是北大的高材生，难怪又聪明又幽默，这么有精英相。

歌声中时间就过得很快，我们终于在10点20左右，安全到达了住处，一切平安美好。

大提顿国家公园，熊爸爸，熊妈妈，还有三只小熊

10月8日

早晨醒来第一件事就是去窗口看外面的天气。虽然屋顶还盖着雪，但天空已经不那么低沉。工作人员告诉我们今天不再封路了，看来我们人品还是不错的。

我们先去了小 S 最期待的大棱镜泉。小路关着门，说明上讲最近这里熊多出没，路人们最好不要进去参观。

小 S 显示出平日里看不出的坚持与勇敢，独自一人跟两个外国人一起穿过铁丝网走了进去看大棱镜泉。我们其他四人一起在车上等待，决定一个小时后如果她还不回来，我们就报警。

还好不到一小时她就回来了。但因为考虑到我们在等她，她也没能走到山顶，未能拍到网上所述的最佳角度的照片。结伴旅行有时候是不得不妥协与放弃的，结伴的人生也是如此。

再度到达老忠实，我们先去了另外一家餐厅吃饭。我点了碗红菜汤实在很难喝，里面大概放了有半斤奶酪，黏黏糊糊的，除

了酸没有其他味道。不过奶酪毕竟热量高，喝完这碗汤倒真的感觉很饱。

吃完后，我们半信半疑站在观景台上等候，这一次老忠实真的忠实了。在预计的时间，它忽然间就喷发出两人多高的热泉，我目瞪口呆地拍了几张照片，跟小S互拍了两张人像后，一切消失殆尽，好像什么都没发生过。

我们也在老忠实把对黄石的最后一点期待用尽，彻底审美疲劳。开车奔南边的大提顿公园而去。

依我看来，大提顿跟黄石，本来就该是同一个公园。从黄石的下八圈西南线一路往南，很久很久以后，忽然见到一个小屋，跟其他公园的入口一样，但是没人把守，也没人验票及发给公园手册，我们就这么进了大提顿公园。一条公路贯穿黄石和大提顿，那间小屋，很容易就会错过。

奇就奇在大提顿公园的风景，却跟黄石有很大区别。黄石公园里基本都是山路，盘山道从北到南，可一旦进了大提顿，就一马平川。周围环绕着覆盖了雪的提顿山脉，公园内却没有高差，全部是平地。

我们先到了杰克逊湖边，隔湖是雪山，湖水清澈平静，所有树叶金黄，连多日不见的太阳都露出一线金光。

小明感叹："为什么我觉得提顿比黄石还要美呢？"我深有同感。不过我们今天要入住提顿南门外的提顿村，没有时间过多逗留，打算明天再回来公园里仔细游玩。在一路如画美景中，穿过整个大提顿公园出了南门。

GPS指示让我走一条大路，我们却在路边见到一个小小路牌，写着提顿村。

　　大概是缘分吧，本来我是一直坚持按 GPS 指示选择路线的，今天却不知怎么竟然按照路牌就拐进去了，这条小路很窄很窄，是除了去大峡谷西门那段石子路以外，我们在美国走过的最窄的林间小径，一边迟疑地开着车，一边寻找去提顿村的其他路牌，忽然间看见前面停了好几辆车。

　　根据这几天来在黄石玩的经验，凡是路边停了两辆以上的车，一定是有什么野生动物在附近。大家停车观看，或者等候野生动物过马路，然后才开车继续上路，因为在黄石和大提顿公园里，野生动物远远优先于人类。我们也把车停在别人的车后，四处观看到底是什么动物呢？

　　视力最好的小 S 说：“快看前面，熊在过马路。”

　　我们真切地看到，距离我们不过 100 来米的地方，有只大熊（飞儿说那还是稀有的熊种，而不是普通的灰熊）悠闲地走过这条小窄马路，过了几秒钟，又有一只大熊带着三只小熊也施施然穿过马路进了树林。

　　两边双向的汽车都静静地停在路边不动，警车（最奇就在这些警车，他们到底得了什么样的线报，为什么如此先知先觉地这么快赶到熊过马路的地点呢？）还不让人们动。

　　然后，那五只熊又大摇大摆地穿过马路回到他们来处的树林，不知他们是不是已经用过晚餐，在这里散步消食过马路玩呢。

　　我和小 S 急得满头大汗，手持我们的 28—75 镜头，什么也照不出来。倒是飞儿他们 18—135 的镜头现在派上了点用场，可以远远照出熊的小灰身影。

　　有只小熊过了马路后，还转回身来站起观望，两只前爪搭在胸前，憨憨的可爱极了。

LP问警察能不能下车？警察说绝对不能，熊是会吃人的。又等了五分钟左右，警车开过来，一辆一辆通知我们，要么绕道去走大路，要么关好车窗，快速通过这一地带。

我们还是选择走这条路，前行没有多久右转，很快就到达提顿村了。

提顿村据说是冬天滑雪时重要的住宿地点，我们住的这家青年旅舍规模很大，地下室有很好的电视厅，台球桌和沙狐球，还有放了几个书架的起居室，比较像澳洲的青年旅舍。房间内暖气很好，相比我国那些风景秀丽的景区，美国这一点很好。他们所有住宿地点的室内条件都很不错，且都有很足的暖气，令人进了屋内就不太想出门，更加感觉需要一个电子书了。

杰克逊小镇，难道连英文字幕都没有

10月9日

今天已是我们严格意义上的旅行最后一天，明天我们只需赶路把飞儿他们三个送到机场就可以，没有游览的日程安排。

我不放弃最后的机会，说好早上7点出发。昨日见过的大提顿公园的夕阳太美，万一今天能够晴天，可以拍出蓝天白云下优美的雪山、金黄树叶和宁静的湖呢？

出发时天都还没大亮，阴云密布，很不乐观。我们开车一个小时才进入大提顿公园，依然根本没有人收门票。看过两个观景点后，上午9点了天还是阴的，我基本放弃了拍蓝天白云的不切实际的幻想。算一算这次美国之旅，只给了我们五天晴天，其中还有两天在城市里，一天在赶路。整个黄石和大提顿国家公园，我们都是在雨雪或大阴天中度过，真是一个忧伤的旅行。所幸回国后朋友们竟然说黄石和提顿的照片都很好看，看来是我不懂得阴天的好。

到达"Snake River"时，我已经心情十分平静，既不想赶路，也不再幻想阳光。遇见一个穿着猎人服的小伙子，说他等朋友来一起猎鹿。

小明给我们念起公园手册,原来从昨天开始,已经进入大提顿公园的猎鹿季节,要求游客们如果走下公路,必须身穿橘黄色等鲜艳颜色的服装或戴鲜艳帽子,否则可能会被猎人们误以为是动物而开枪击中。原来还珠格格的故事在美国大提顿公园里还真的时有发生啊。

到下一个观景点,我们干脆碰见了一群已经打到两头鹿的猎人们。那两头鹿是他们昨日猎到的(才刚猎鹿季的第一天,他们就打到了鹿,也真够有效率的),一公一母,身架已经被肢解,头还完好无损。

我看到两头鹿睁着哀怨的眼睛,心里不知怎么特别难过。也许他们只是到小河边幽会,却被无情猎人们双双击毙。爱情和生命同时完结,只余闭不上的双眼,倾诉冤情。

中午时分,我们已经游遍大提顿公园所有的观景点。旅行到了最后一天,本来大家都有点审美疲劳,都是努着最后一口气把提顿看完,加上天气始终不给力,阴天且寒冷彻骨,实在无心恋战。

在大提顿公园唯一一个开放的游客中心吃了午餐,全体人丢盔卸甲地回提顿村去睡午觉了。我睡了才一个小时就不再能睡着,起来把提顿村巡游了一番,逛了村中唯一一家滑雪用品商店,看过上山的大缆车,再无他事可做。还好他们也都纷纷起床,我们决定去杰克逊镇玩一下。

本来想好好吃顿晚餐,没想到途中忽然大家一致决定去镇上看场电影,全体兴奋异常,我们离开大城市好像已经太久太久了。

我瞬间理解了以前看美国小说中所写，青年男女在一共只有十几家人家的村中长大，最好的节日就是去镇上看场电影。

杰克逊镇规模不算太小，大概也有两三条繁华街道。网上说这里竟然有两家电影院，我们在其中一家买好9美元一张的电影票，匆匆去吃了个Pizza就赶回来看电影。

这间电影院很小很怀旧。室内装潢俨然一派上个世纪五六十年代的模样，屏幕和音响倒十分现代。电影院根本无人验票，如果我们不买票，貌似也完全可以推门而入随便走到其中一个电影厅看任意电影。

飞儿说，美国人力成本太高了，他们绝不会舍得花钱雇一个人专门查票的，所以想看就看，人家是一个充满了信任的国度。

我们看的这场上座率不到10%，也难怪犯不着查票，反正坐不满。我们选了一部不是太容易的片子看，名字好像叫《The ides of the March》，说的是美国选举的事。

开片的时候我绝望地问飞儿，难道连英文字幕都没有？飞儿很肯定地点了点头，我于是只好抖擞起一万分的精神，像在单位开会一般聚精会神地看起电影来。

在美国看一场电影实在太乐趣无穷了。开车回提顿村途中，我们五个人一直在讨论影片情节，每个人似乎都看懂了，但是每个人的理解都不同，把所有人的理解综合起来，好像串起了一部完整的电影，但逻辑又根本讲不通。

这种感受真奇妙啊，在杰克逊小镇看一场电影，是我们美国此行最好的一次娱乐。

盐湖城，总算逛了一个捡漏的 Outlets

10月10日

早上 7 点准时出发，在美国，我们没有机会哪怕一天睡到自然醒。

小 S 说她因对昨天电影的细节不甚了解，早上甚至睡不着觉了，这种追求答案的精神太可爱了。

我们长途奔袭 5 个小时，中午 11 点半到达"Cheese cake factory"。飞儿和我共同梦想了一路的蛋糕啊，终于在走之前又能尝到它的味道啦。

本以为是买块蛋糕就走，没想到他们还想在这里正式吃顿饭。因为他们三个要赶飞机，没有时间等单桌的餐台，我们就在吧台坐了点菜。

吧台的小伙子给我推荐了他们家最好吃的一款牛排，我本来还把名字抄在小纸条上，可是那张小纸条干脆丢得不知去向。如果此生有机会再去 Cheese cake factory，我看着菜单一定能想起来那牛排的名字。

它实在真的很好吃，明明是五成熟的牛排，不知怎么味道很像烧茄子。我跟他们四人表达这观点时，遭到了一致的打击，他们都认为牛排是比烧茄子好得多的食物。但在来了美国十二天后，我怎么这么怀念烧茄子呢。

把飞儿他们三人及时送到机场后，我和小 S 终于松了口气。除了下午打算去逛逛 Outlets 以外，今天就没有其他安排了。

今日订的住宿离机场非常近，GPS 显示才 3 英里就到。这是一家特别牛的青年旅舍，甚至连办入住都是机器自动办理的。

小 S 研究了半天，好像是输入姓名什么的，然后机器就给个密码，拿着这密码就可以去开房间的密码锁，密码锁里有两把钥匙，就是我们订的房间钥匙。

从办理好入住，直到第二天早上离开，我们自始至终没有见过这家青年旅舍的任何一个工作人员，节省人力成本这样也算做到极致了吧。

放下行李我们很快出门，开车奔向盐湖城最著名的 Outlets，距离市中心 30 英里。我们直接开车上了高速，方向竟然跟去 Provo 一样。盐湖城是这样美丽的一个城市，周围环绕着雪山，简直就像拉萨。我们按照 GPS 指示，车流渐行渐稀，最后到达深山里似乎是另一个小城市的 Outlets。我和小 S 互相开玩笑说，我们千里迢迢来到美国，逛了一个拉萨的 Outlets。玩笑归玩笑，一到地方，我们就立刻奔赴各自中意的店铺，一逛就逛到晚上 9 点。虽然感觉上好像也没进了几家店，但是时间就这样如水般流过了。以我的夜间视力，开夜车回盐湖城着实费了些劲，我们把住宿地点附近的街道车览了一遍，小 S 认为其中一条街肯定是金融街。不过到了晚上近 10 点钟，所有街道上根本没有行人，少数几家亮着灯光的都是餐馆，没有几座高楼，霓虹灯远不如北京耀眼。总的来说，我们本次美国西部之旅，跟城市基本无缘，就一直在国家公园和偏僻小镇转了。

明日还车时油箱需要加满油，我们为了不耽误明早赶飞机的时间，连夜在小雨中瑟瑟地去加油站加油。没想到加油站的刷卡系统不知出了什么毛病，折腾了很久，最后我们终于交现金加满了油。在美国，用信用卡比现金要方便快捷得多了。

尾声，放三颗信号弹，让它们照亮祖国的山河

10月11日

今天要乘早8点半的飞机先飞洛杉矶，再换下午1点20的飞机回北京。

我们6点半从青年旅舍出发，因距离机场只有3英里，且昨天送飞儿他们时已经探明机场情况，我和小S本来十分坦然，没想到旅途中处处都有可能出状况，我们昨天看好的还车楼的大爷告诉我们，我们这家租车公司不在机场还车，要去机场外面某处。

这时，距离飞机起飞已经只有一个半小时，还好我和小S都是遇事冷静之人，迅速找出租车的单据，在GPS输入盐湖城机场店的地址，跟着GPS开车十几分钟就到达了FOX店。

我去店里柜台结账，小S去拖住开机场班车的大叔让他等着我们别走。还好这些发达国家还车手续甚为简单，我们所担心的途中被拍超速的情况也终于没有出现。柜台小伙子只给了我一张收据，金额就是我们在洛杉矶租车时大叔给出的金额。而小S在外面跟开班车的大叔已经聊得火热，大叔说时间不晚，一切正好，还不需要等待登机太久。

小 S 为着大叔等我们这么久,给了大叔一美元小费。在美国吃饭一定要给小费(不知如果我就是不给,美国人能把我怎样),据说午餐一般给 10%,晚餐竟然要给 10% 到 15%,见过他们餐馆的服务质量之后,我深觉海底捞的每一个服务员都太应该拿小费了。

再到机场,已经 7 点 10 分了。安检排了好长的队,我们俩跑着去达美航空公司的柜台办登机。机场的工作人员派一个服务人员给我们办了自助登机。

我估计我们还是晚了,因为看他们的表情也有点着急。不过拿到登机牌就放心了,历时半个多小时才通过安检,美国机场安检要解皮带很烦人。还好飞机到达洛杉矶一点也没晚点,不过从国内航站楼到我们国航所在的 T3 国际航站楼真的很远很远,我们足足走了三四十分钟才到。

洛杉矶 T3 航站楼的免税店真寒酸啊,只有一家卖化妆品和烟酒的免税店,其他就是两间卖巧克力糖果的小食品店了。我逛了半天也就买了两只倩碧口红,觉得美国倩碧便宜不买好像没占上便宜,可又没什么其他可买的。

从来美国之后就一直想尝尝汉堡王的汉堡,因为汉堡王这品牌似乎在美国本土比麦当劳和肯德基要火多了。今日在机场我总算得偿所愿吃了个汉堡王,觉得快餐店至少有一个好处,就是不用付小费。

1 点 20 分,飞机准时起飞,我和小 S 互相鼓励着都不睡,每过两三个小时就去飞机最后面看一看外面的蓝天和雪山。据说飞机会飞过阿拉斯加到亚洲，反正窗外始终是白天，我第一次在长达十三个半小时的飞行中，几乎全程没睡就到了北京。

回到北京整整一个星期，每天从下午2点就开始困得不行，勉强坚持到晚上9点多，不到10点就睡，然后凌晨3点必然醒来，翻腾一个多小时，用尽力气再睡上一两个小时，6点多就起床。

这么倒了一个多星期时差，病了两场，才算重新习惯在北京的作息。

如今回国已经两周了，美国的风景已经渐渐模糊远去，那些在美国所有的舒适和便利，也成为曾经的美好而留在记忆里。

这一次美西之旅所观赏的风光是十分美丽的，不过细想起来，大抵也跟新疆喀纳斯＋魔鬼城＋四川九寨沟＋黄龙的风景相差无几。

总记得，小时候曾看过的一部老电影《冰山上的来客》即将结尾时，杨排长说："放三颗信号弹，让它们照亮祖国的山河。"

其实我们祖国的壮丽河山，不逊于这世上任何一个国家的任何旅游资源。我去过的这些国家的美丽风景，总是可以在中国的某些地方找到相似之处。

只是我们国民富裕程度还不够，旅游景区常遇到诚信经营困扰。我跟旅游景点的小贩打交道太心力交瘁，基础设施建设也还不尽人意，在国内的旅行充满了陷阱和艰辛。

我们跟发达国家的区别，其实不是天然条件，而是人文条件。他们有的，我们本来也有，只是我们不会好好利用和珍惜，这一点真令人遗憾。

到什么时候，在祖国旅行才能不用那样担惊受怕斗智斗勇？所到之处可以舒适温馨，洗手间都干净卫生、信用卡遍地可用，公路一马平川，飞机从不晚点？到什么时候，我的美丽的祖国，才能完整地把它最好的内心展现给世人？

美国真好真舒适，但我还是更喜欢自己的国家，更爱中华文化带给我的心灵家园……

第三章

最遥远的旅行——
那年中秋的埃塞与巴西

从巴西回国已经三天，工作一如既往之忙碌而重复。每个夜晚我都在凌晨3点醒来，被时差所困扰。于是在3点到天亮前的那段漆黑一片，万籁俱寂的属于自己的时间里，细细地回味这二十天美好的旅途。

埃塞东非大裂谷的那些美丽的湖泊，中秋节夜晚兰加诺湖边那轮满月，优雅而美丽的埃塞俄比亚人民，里约海边的沙滩足球场，伊瓜苏气势磅礴的大瀑布，亚马逊雨林中五个来自不同国度的姑娘真诚的友情，黑金城无人石板路上的黯然神伤，圣保罗告别巴西前的感动……

这一趟旅行，无论埃塞还是巴西，都远远超出了我们出发前的预期，都那么美好、温暖、新奇而令人留恋。

太完美的旅行总是会这样，身体虽然回到了北京，心灵却还在路途。那些遇到的人和经过的事，总在最脆弱的时候涌上心头，于是内心深处不成熟的那部分就开始作祟。只愿花常开不谢，人常聚不散。喜欢的人和风景都始终围绕身边，从不分离，没有痛苦……

巴西，那么遥远的国度；巴西，此生至今为止最遥远的旅行……在我还沉浸其中不断回味，记忆还没有被生活中的柴米油盐渐渐冲淡的时候，让我好好记录途中的每一个欢乐与惊喜的时刻，留待老了之后，说与懂得的人听。

亚迪斯亚贝巴，她们怎么都这么美

9月18日

只因同学风风的一句邀约，4月份我就买好了途经埃塞俄比亚去巴西的机票，利用今年中秋节和国庆节相连的长假，完成迄今为止历经非洲与南美洲的一次最远的旅行。

行前种种准备不做赘述，无非是买机票、办签证、订酒店之琐事。在2013年9月18日的凌晨，还没有准备好心情的情况下，我和风风、丹丹三个姑娘从首都机场出发了。

虽然安全出口的那排座位腿可以伸直伸长，但十二个小时的飞机还是使我坐得腰酸背疼。

清晨6点半，我们在埃塞亚的斯亚贝巴机场下了飞机。由于单位在亚的斯亚贝巴有办事处，埃塞的同事小布来机场接我们。

埃塞的机场很小很简陋，不到7点钟，我们已经提完行李走出机场。清晨金色的阳光迎面照耀，令我们对亚的斯这个城市有了第一份好感。

小布先送我们去订好的旅舍。虽说是旅舍不是酒店，价格也不算便宜，一张双人床的房间每晚45美元。

　　放下行李，小布去上班，我们仨到楼下去吃早餐。对面的面包店只有间很小的屋子，不知为什么在座的却都是些西装革履的商业人士。我们仨穿着这么休闲，又是亚洲面孔，在其中十分醒目。

　　面包店只有收银的老板会英文，其他两个小伙子一个姑娘都不会讲英文，但他们的面容均十分秀丽，笑容也很腼腆。当我们喝光茶水去续开水时，他们虽然很震惊，却也友善地给我们续上了。

　　我们仨每个人去续了杯开水以后，面对他们惊奇的表情，忽然明白也许人家这里茶水是不续开水的，喝完了就再点一杯茶，反正一杯茶才2块钱，合人民币6角钱。面对我们这么会过日子的中国人，难怪人家要无所适从了。

　　吃饱了饭困劲就上来了，她们俩回房间去睡觉，我给小布打电话要求去看看单位在这里的办公室。

　　办公室离我们的旅舍只有300米远，此时其他同事都不在，小布于是请我到院门口喝咖啡。埃塞人有多爱喝咖啡，由此可见一斑。

　　卖咖啡的地方就在这么一个办公大院门口，连店面都没有。大家随便坐在花坛边上，店家托出两个杯子和一壶咖啡，其中一个杯中有糖，另一则没有。

　　我选了有糖的那杯，但由于没加奶，还是有点喝不惯。在国内我是从来不敢喝咖啡的，即使早晨喝了，到晚上也会影响睡眠。如今来了埃塞，我困得眼皮都抬不起来，喝一杯提提神也好。跟小布有一搭没一搭地聊着工作。他是个十分含蓄害羞的小伙子，我不问他就没话，所以时常冷场。但他身上不知为何有种温暖的感觉，即使坐着无话可说，也丝毫不觉尴尬或气氛不好，似乎可以就那样坐到地老天荒，你不说我也不问。

埃塞办公室的主任要下午才来上班，小布问我们想去哪里，他随时可以开车带我们去。

来之前，我对埃塞办公室没有这样的期待，我以为请人家去机场接了我们，帮我们订好了酒店，见一见这边的主任也就完了，并无期待人家还带我们游览。但看小布今天这态度，是准备好了一尽地主之谊，好好陪同我们仨参观亚的斯市的。我于是说，那不如去逛逛那个非洲最大的市场吧。回去旅舍接了她们俩，小布先按我们的要求去了间大超市买水。

这俩姑娘睡醒了非常饿，还买了些火腿、鸡蛋什么的。结账时我们发现超市可着实不便宜，这么点东西也花了300多埃币。我事后回想，可能这家超市是全亚的斯唯一的，或至少是少有的国际大超市，里面竟然有西班牙火腿卖。

出了超市已经中午1点多钟，我们实在太饿，说先不去市场了，还是吃午饭吧。

小布在亚的斯巨堵的道路上，穿越全城带我们来到富人区的一家装修很好、很民俗的馆子吃饭。餐馆门口有手工磨制的咖啡，香飘万里。对一个国家的印象，总是从对这个国家的人的印象开始的。

由于小布对我们的诚挚接待，尽心尽力，令我们对埃塞这个国家印象非常好，我们看到的埃塞人民，尤其是姑娘们，怎么都这么美？她们全有着美丽的脸庞，巧克力肤色，大大的眼睛，羞涩的微笑，一点都没有攻击性，十分温和可亲。

点餐的时候我们由于饿得心慌，拼命想点各种肉菜，小布劝说我们只点了一个鸡肉，一个素菜，说四个人够吃了。

菜端上来，我们就有点傻眼，所谓鸡肉，只有一个鸡翅膀和一锅酱，而素菜就更加简陋，平铺的一张埃塞人顿顿吃的"英吉拉"饼上，堆了几堆各种豆酱，既没有大鱼大肉，也没有蔬菜，这怎么能吃得饱呢？

今天是小布所信仰的宗教的斋戒日，每周三和周五他们都不能吃肉。我们仨三口两口把那只鸡翅膀分干净，迅速叫来老板又点了个牛肉。端上来后一看是一锅肉末，但用"英吉拉"饼夹着肉末吃，总算吃饱了。仅仅这么一顿饭，已经充分可见中国女子是多么地能吃。

小布也算正当年的小伙子，人家就只撕点"英吉拉"饼蘸豆酱吃，而我们，连吃两道肉菜，最后还舔着手指头意犹未尽（在埃塞吃饭是不用餐具的，大家全体动手卷饼蘸酱吃，所以只能舔手指头了）。看对面桌上一家人才不过吃那么一个堆了几种豆酱的素菜，我们有点不好意思，同时也对埃塞的粮食匮乏，有了十分具体的认识。

用餐期间由于我们三个姑娘时常拿着单反跑来跑去拍照，旁边一间屋子里坐的两位西装革履貌似有钱人的大叔，走过来跟小布说了几句什么，小布说他们想看看我们的相机。

两位大叔把玩了一会儿我们的相机后,问在中国卖多少钱?我们说1600美元左右吧。他们开玩笑说,他们非常喜欢,想问我们买。我于是说,好的,3000美元卖了。大叔哈哈大笑而去,也是非常可爱的人。

午饭后我又去办公室坐了半天,这回主任在了。我们谈了谈当地的工作,不似每年在北京见面那样拘谨,到了埃塞,一切都显得轻松而简单。

还是去了那个非洲最大的市场,当地服装又贵又不好看,做工很粗糙。我们看上了一条围巾,颜色鲜艳,胸前还装饰一个十字架。以前从未见过此种别致的,于是每人买了一条,价格合人民币40元每条,也不算太便宜。

这边的水果倒真不贵,尤其是香蕉,就像柬埔寨一样,估计是山里随便都可以采到的,所以价格异常便宜。

我们买了牛油果和另一种不知名的水果,总共才花了人民币8块钱左右。小布问我们今天还想去哪里,我说去看看亚的斯那个最著名的教堂行吗?

到教堂时已经下午5点半,虽然买到了门票,但我们只能进博物馆,大殿却已经关门了。

小布凸显出他含蓄却伟大的公关能力,找了位牧师来给我们打开了门,并且一路讲解,小布再给我们翻译成英文。由于我们的英文本就不怎么样,小布也就那么回事,所以听得个一知半解,但我们依然为单独被引进教堂大殿,且配专人牧师讲解的殊荣而受宠若惊。

出来后看到小布给了牧师大叔一张钞票，原来他的公关能力也是基于金钱基础上的，再次感动于他对我们的热情款待。

　　又一次穿越亚的斯整个城区，他如约带我们去了那家有歌舞表演的著名餐厅吃晚餐。这家餐厅真叫高档啊，门口竟然有两个银行提款机，甚至洗手都有侍者端壶上来伺候着。

　　埃塞的歌舞我们实在是不懂加不懂，似乎也没什么旋律，也没什么节奏，时常大喊大叫，唱的就像说的，不过演员们每人脸上的笑容却真实而动人，绝不是假装出来的，他们真心欢乐。

　　舞蹈中最常见的一个动作就是动肩。这个动肩跟我们蒙古舞的动肩可完全不同，他们那肩膀一抖，连胸肌带腹肌就全跟着抖起来，言语怎样都无法形容，总之妙不可言。

　　台上演员走下来教我们这个动作，我跟风风抖得像筛糠，也还是学不会一招半式，倒把小布乐得前仰后合。我们给了50元埃币的小费，喝了不少蜂蜜酒，这酒着实有点度数，出餐厅时已经感觉有些脚下不稳。

　　我们看了一个晚上跳舞，结束后风风和丹丹两个姑娘倒是不客气，取出她们带的《LP》说，可否去东非大裂谷？那东非大裂谷的数个知名湖泊，距亚的斯市均有将近200公里。若明天去了，就得在外住一晚。小布倒是永远那样热心，说"可以去啊"。

　　我问过这边办公室主任，了解到这两天车子确实不用，同意由我们支付汽油钱和一应过路费。小布居然真的可以陪我们去大裂谷，这真是来埃塞之前，从未想过的意外之喜。

兰加诺湖，月上柳梢头，人约黄昏后

9月19日

　　酒店提供的免费早餐，是三片面包加一份炒鸡蛋，一杯茶。好吃固然是很好吃，分量依然不是太大。

　　小布9点半来接我们出发。在亚的斯市内还是堵了一个小时，这么破的一个城市，最高的一个大楼就是中国人建造的一个很普通的楼，最大的一个酒店是沙特阿拉伯人开的一家喜来登，就连总统府也不过是个绿化好一点的小院，其他简直没什么正经楼宇，却堵车这样严重，看来也是道路建设跟不上车辆增长速度啊。

　　路过一片巧克力色铁皮屋顶的棚户区，我们问是否是贫民区？小布说这些是中产阶级。天哪！埃塞的中产阶级住在这样的铁皮棚子里，车内一片寂静。

　　出了城，风景就变得好起来了。我一向不喜欢大城市，只要离开城市就开心。街边身着鲜艳裙子的妇女们背着大包小包去集市，驴子们在路中间闲逛，孩子们看到车内三张中国女孩的面孔，发出好奇的声音。路边有种奇特的树，枝繁叶茂，上面开满了鲜红色花朵。花儿那样艳丽硕大，视觉冲击极为震撼。

埃塞的女人们肤色虽黑,身材却都很好,又高又瘦,穿起裙子来袅袅娜娜。鲜艳的裙子与黑肤色亦形成了鲜明的对比,非洲的美丽,对比度都很强。他们是那种十分艳丽鲜明的美,不中庸不模糊,没有中间路线。

现在回头看我在埃塞拍的照片,看到这种开满红花的树,心中依然会有强烈的震动,为了那夺目的美丽,我一定会再去埃塞旅行,也许还会一而再,再而三地去非洲,我是喜欢鲜明的人,非黑即白,不要混沌一片。

三个小时车程,我们到了第一个著名的湖 Ziway。

小布建议在门口的酒店先吃午餐。我们一进院子就爱上了这家酒店,有点东南亚度假村风格。摆在院中遮阳伞下的餐桌,显得高档宁静。

点菜时,我们再度彰显中国女汉子的气势,在小布的一再劝阻下,依然点了三道荤菜一道素菜,囊括了鸡肉牛肉鱼肉和蔬菜沙拉。不知小布每天看着我们这么能吃是否心如刀割。好在我们也不算浪费,顿顿都吃得盆光碗净,饭量就是这么大。

一路走来,埃塞人对我们三个中国女孩的面孔还是很感兴趣的,眼神中透着亲近和喜爱。

丹丹说我们在埃塞的三天旅行简直就是励志篇,在中国无论怎样嫁不出去的女孩子来了非洲,估计都会得到许多非洲男子的欣赏。中国姑娘们千万不要妄自菲薄,中国虽然已经进入了剩女时代,但我们还有非洲大陆这个去处呢。

用餐期间隔壁传来了熟悉的发音,果然是几个中国人落座了。

其中一个白胖中年男貌似是领导，手下带了两个中国人，一男一女，和一个美丽的埃塞姑娘。那位领导说这俩中国人是他秘书，还有一个埃塞当地人是他们的导游。

他们在亚的斯亚贝巴有办公室，这次也是出来游玩的。我们用书里撕下来的几页 LP 给他们讲解，兰加诺湖是东非大裂谷中唯一可以游泳的湖，所以我们今晚打算住到兰加诺湖边去。

那位领导十分感兴趣，要了那几页纸过去用手机拍下来。出来玩都不做功课，不只能被导游牵着走么。

Ziway 湖以各种大鸟而著名，门票 30 埃币，大概算每人 10 元，小布因是当地人不要钱。

湖边有很多孩子，跟大鸟一同吵吵嚷嚷不知欢乐着什么。如果不坐船去湖中心游览，地上积水很深，靠走路很难走近湖边。我们因为还有后面三个湖要看，就决定不坐船了，能走到哪里是哪里吧。

走到水深处，大家脱了登山鞋涉水。谁料水下大块石头非常硌脚，这样跋涉了几十米，我决定返回不受这罪了。孩子们叽叽喳喳一会儿，拿来几双拖鞋给我们穿，仅仅是很破旧的几双平常拖鞋，就救了我的命。

有小男孩好心地伸手扶着我们回到干路面。就在我们坐下各自穿鞋的时候，不知孩子们跟小布说了什么，似乎是要钱。幸好有当地人小布，替我们挡住了所有的烦扰。

下一个湖叫做 Abiata，以湖边大量的火烈鸟出名。

这个湖跟后面的 Shala 湖总共收了 300 元埃币门票，一位导游上了我们的车后厢。从主路开到湖边也不过二十来分钟，景观竟然就大变样，一下子似乎到了一望无际的非洲大平原。路边盛放着高大的仙人掌，当地村民的茅草屋零星点缀，转过最后一道弯，一个很大的湖没有预告的忽然间就呈现于眼前。

湖面上满是火烈鸟，它们有一个浪漫的名字叫做"弗拉明戈"，有一种舞蹈似乎来源于此鸟。单独看这种鸟也没什么稀奇，但当它们大片大片奔跑腾飞，心中会莫名的热血沸腾。许多的壮丽皆如此吧，单打独斗总归不够震撼。

我们在湖边拍了很多照片，没想到非洲大平原会给我们这样的惊喜。

Shala 湖是火山湖，地貌比 Ziway 和 Abiata 丰富得多。

未见到 Shala 湖之前，导游先带我们在树林中看了半天鸵鸟。这些鸵鸟就那么旁若无人地站在那里，被拍照的我们离得实在太近了，方轻移玉步往旁边走走。由此可见这里游客是多么稀少，鸵鸟比游客多。这片树林是鸵鸟的天下，相比我们北京动物园之拥挤，这里的原生态真是令人羡慕。

开车向湖边走，一会儿上坡一会儿下坡地过了很久，我们才看到下面一个偌大的湖泊。恰逢天空有一朵乌云遮住了大部分阳光，只余一道极强的金色光束照射在湖面上，就像天空开了个孔，让我再一次感到人力的渺小。

离湖不远就是当地人的温泉，据说可以用来煮鸡蛋。我们三个中国姑娘再次引起了不小的骚动，人们接连赶来与凤凤和丹丹合影。导游大声斥骂一个小孩，孩子立刻哭了，我们猜大概孩子想问我们要钱，被导游骂回去了，这 300 元门票配的导游还真挺敬业的。

这里的温泉都是在地面上很浅的水，最深也不会超过20厘米，其实就是些坑。不过温度的确很高，摸起来有些烫手。我们都没有勇气脱了鞋子进去泡一下，跟当地人合影数张后也就转身离去。

此刻天已擦黑，我们还没找到今晚住宿的地方，不过有小布在，一切迎刃而解。

第一家度假村已经关门，第二家规模非常大，景观非常好，价格也着实不便宜。三人间加小布的单人间总共167美元，完全不还价。但我和凤凤都很喜欢打开窗户就能看到的湖景，而且天已经黑了，也没有心思和动力再找，决定住下来。

就在我们看房间的这么一会儿功夫里，小布居然已经用千斤顶帮旁边一辆车换好了轮胎，他真是什么都会啊。

酒店前台小伙子带我和凤凤参观整个院子，他们居然养了一家老小4只海龟，缩头缩脑很是可爱。度假村里还有温泉和免费按摩，明天早上我一定要来享受一番。

小伙子非常喜欢我的长头发，他说他第一次见到像我这样的中国女孩，很喜欢我，说话时眼神流露出由衷的温柔和喜爱。我不知说什么好，受宠若惊。

今晚只能在度假村的餐厅吃晚餐了，我们照例点了好几道菜，小布也不怎么劝我们少点了，跟我分了一张 **Pizza**。

我们告诉他，今天是中国的中秋节，在中国文化中，应该是与家人团圆的日子。说着说着，就伤感了起来，我本来不想家，不知为什么到了中秋节，就感到离家千万里。大家渐渐沉默了。

饭后,风风回房间去睡觉,小布跟我和丹丹一同去湖边赏月。兰加诺湖不似前面三个湖有那么多特点,但它是这些湖中最大最深的一个。

夜晚,月亮冉冉升起,掩映着树影婆娑,真正美不胜收。丹丹跟我一直在谈感情,小布依然安静地坐在一边,虽然不说话,还是能感到他的温暖。

但愿人长久,千里共婵娟。

在我一生有限的几十年中,有一年中秋,是在非洲埃塞俄比亚的兰加诺湖边,跟丹丹和小布一共度过。

如今丹丹在深圳,小布还在埃塞,不知未来年度的中秋满月,他们是否也如我一般,对兰加诺湖的明月记忆犹新。感恩上天令我们相识,感谢一切的缘分。

埃塞俄比亚，你等我，我一定会再来

9月20日

早晨5点半闹钟铃响，我早跟小布和丹丹约好去看日出。

这在我之前的旅行中真是前所未有的事，从来旅途都是8点起床，大太阳早已高高在天上。所以只看过日落，从未见过日出。

这次对埃塞兰加诺湖印象太好，我拼了命起这么早看一次日出，可起床出门后却发现，外面正在下着不太小的雨。但既然已经起来了，不到湖边去也不甘心，我们仨还是打了伞去到湖边。

昨晚我们三人赏月坐的三张椅子依然在原处，似乎在诉说着没有讲完的故事。随着天空逐渐变亮，我们看日出的希望也越来越渺茫。在湖边徘徊了近两个小时，到7点半钟我们仨终于放弃，去吃早餐了。

这样豪华昂贵的湖边度假酒店，自助早餐依然没什么可吃的，埃塞人做的蛋糕太难吃。我走来走去只拿了几片面包，煎了两个鸡蛋，水果只有非常生的菠萝，酸得倒牙。

我一边吃，一边已经困得东倒西歪。其实从到了埃塞之后，风风和丹丹一直在利用各种时间多睡觉倒时差，而我不知怎么回事，始终都没空多睡一会儿，挨到现在，已经是强弩之末。

小布同情地看着我说再喝杯咖啡吧，我坚决地拒绝了，这些天来的假兴奋，肯定跟每顿饭后的那杯咖啡有直接关系。然后小布说那去湖边走走吧，我说也好，再去看看已经升到半空的太阳。

湖边一切照旧，我们依然坐在昨天的椅子上。小布翻看我相机里的照片，我恨不得用手撑着眼皮让自己不睡着，最终还是睡了一会儿。醒来时人家酒店的保洁正在我周围小心翼翼地打扫卫生不吵醒我，小布在远一点的湖水边打水漂。

说起打水漂这个游戏，真是个国际化的游戏，五大洲四大洋无论哪国人民，都自小就掌握游戏要领，都会选扁扁石头。只是这游戏的名字总令人想到"终虚化"这样泄气的字眼来。

跟小布打了会儿水漂，时间就飞快流逝，9点半左右，我回房间叫了风风一起去泡温泉。

所谓温泉，其实只有一个直径2米左右的池子，小布的腿太长，三个人坐进去，简直要腿碰腿，搞得有点尴尬，于是我和风风大部分时间在拍照及各种自拍。

然后来了两个小伙子给我们按摩，单人单间，被非洲小伙子按摩，我心里还真有点打鼓，不过想到小布就在门外，也就有了安全感。

按摩一小时，我大概在第五分钟已经睡着了，醒来时头发已经被扯得似非洲人般爆炸蓬松，这里的按摩手法果然跟本国毫不相同。

时间已近12点，我和风风却还意犹未尽地想去湖里游泳，才到湖边就看到昨天遇到的一群中国人，那位白胖领导果然带着几个手下来兰加诺湖了,见到我和凤凤欣喜合影。不过我们对他印象都很一般,他摆明一副要占那个埃塞导游便宜的样子,真怕他给国人丢脸。

小布提醒我们必须去前台结账了,我于是跟他一起去前台商量,让我们回房间洗个澡之后再退房。

前台还是昨天那个小伙子,见到我双眼放光,但又见有小布在我身边,于是一副欲言又止。

下午 2 点钟,我们总算退了房离开了兰加诺湖边这个度假村。仅仅一夜,我们却对这里印象特别美好,不知此生还有没有机会再来,埃塞俄比亚,离我们那么远,那么远。

刚出度假村,一个十来岁的小男孩见到我们的车,就开始在路中间大扭屁股跳舞。我们放声大笑,没想到孩子来开我们的车门要吃的。我们手里没有任何食物,只好把从酒店顺的一瓶水给了他。他也丝毫不纠缠,似乎这一瓶瓶装水他也很满足,可见非洲孩子从小性情的温和。

回程中,小布选了一条不同的路线,两个多小时后,带我们到一个大湖旁边的山顶餐厅吃午饭。

景观真是超级棒,但我们已经饿得前胸贴后背,真心顾不上观景,光羊肉就点了两份,一通狼吞虎咽。吃饱后我问小布,为何知道这么多这样好的地方?也是个很会享受生活的人吧?但其实他 20 岁时父母就已过世,他是家中老大,下面还有四个弟妹,均由他抚养成人,直到现在还有一个弟弟在读大学。我作为单位的 HR,知道他的工资数额,他一定过着不容易的人生。

吃完这顿饭都快5点了，小布居然又带我们去了一个湖。东非大裂谷真正名不虚传啊，也不知总共到底有多少个湖。

离开这个湖往亚的斯走的路就非常堵了，风风和丹丹又要去买埃塞最著名的咖啡，小布于是在车流中穿梭，开得又快又稳。他真是我所见过的人中非常优秀的一个，无论聪明才智，还是动手能力，都远超过常人。

6点40分，我们在咖啡店还没有关门之前，及时赶到了。在咖啡店里品尝了埃塞这个最有名的牌子的咖啡，我在埃塞这三天里喝过的咖啡，比在中国一年中喝的都多。

由于午餐太晚，晚上大家都不打算吃东西了。风风和丹丹准备去我们住的旅舍两层的酒吧里坐坐，小布带我去了机场附近山顶一家餐厅，可以俯瞰整个亚的斯市。任何城市在夜晚灯光亮起时，看起来都跟白天大不一样，亚的斯亚贝巴的夜景同样美好怡人，令我回想起去年的基多旧城。

此次巴西之旅，由于全程飞行加经停的时间，超过三十个小时。我们为了去程不太累，才决定在埃塞停留三天。

没想到这三天在埃塞的旅行如此美好难忘，明天早上就要出发去往巴西，今日竟有一万分的留恋。

望着身边的小布，他是这样优秀、内敛、温和、友善，如果他在一个更好的环境，一定是人中精英，大有作为。

但他出生在亚的斯亚贝巴市，他父母早逝，拖着一大堆弟妹，身上有卸不掉的担子和责任。

我曾跟他说："人生是不容易的。"他说："是的，非洲的人生尤其不容易。"我几乎可以体会到他言语中的沉重与辛酸。

人生而不平等，我们国家那些在家里做皇帝的独生子们，他们永远不会知道，在遥远的非洲，还有从来没吃饱过饭的人们。而在那些人里，同样有善良美好聪明智慧，我们能为埃塞人民做点什么呢？

喜欢一个地方，一定是从喜欢那里的人开始，埃塞有着最美丽的人民，你等我，我一定会再来。

马拉卡纳球场，提前看一场世界杯

9月21日

早晨8点半，小布来旅舍接我们去机场。

太阳如三天前我们到达时一样，金灿灿地照耀着候机楼，我们在机场泪流满面地告别。来埃塞之前，大家对非洲还有点莫名的恐惧，经过这三天有小布陪同的非洲之旅，却令我们产生了不可割舍的留恋。

埃塞机场真是太小了，进入安检之后，连个卖水的柜台都没有。丹丹急着想上网，我们于是又走出安检，找了家咖啡店喝东西，用这家店的Wifi。三个人各自写心情，对埃塞都十分不舍。

10点半，飞机起飞。我去后排找了个三人座，昏睡六个小时到多哥的洛美机场。在这里经停不用下飞机，等候一个半小时，飞机再度起飞，又飞行七个小时，终于到达巴西的里约热内卢。

从北京算起来，如果连续飞到里约，加上在埃塞转机用的四个小时，怎么也要三十个小时。南美洲离我们实在是太远了。

在里约机场换了巴币，由于之前的攻略上看到无良出租司机可能会绕路，我们找了辆预付费的出租车，去订好的位于弗拉明哥海滩的酒店。一共用了90巴币，心中暗暗乘以汇率3，感觉好贵啊。

司机是位看起来很和善的大爷，途中还试图给我们讲解一下。但由于他只会葡语不会英文，造成沟通零效率。最后大爷只教会我一句"谢谢"，如果我没听错的话，应该是"奥布里嘎多"。

酒店前台的姐姐居然也不会讲英语，好在她基本上能听懂。我们连比划带蒙的，总算办好了入住。一进房间，我们深深感叹于里约物价之昂贵。这么小一间屋放了三张床，每张床最多80厘米宽，床之间距离不会超过30厘米，三个人加三件行李，在房间里简直转不开身。这样一间房，每晚要878元人民币，而这已经是我们能在里约找到的性价比最好的酒店了。

真不知道巴西人民人均收入到底有多高，他们难道不旅行吗？他们难道不住店吗？

坐了十五个小时的飞机大家都很累，9点多风风和丹丹就睡了。我在一楼前台上了会儿网，饥肠辘辘。由于对巴西治安的担忧，晚上我又不敢独自出去吃饭，只好也在11点钟上床睡觉。夜里梦境无数，全都是有关吃的。

9月22日

不知是因为时差，还是生活习惯本就如此，丹丹5点钟就醒了。虽然她很体贴地躺在床上玩手机，但是总不可能毫无动静，还是把我和风风都吵醒了。

三个人洗漱收拾打扮完毕，7点钟就下楼去吃早餐。这里早餐真丰富，牛奶、咖啡、果汁、面包、蛋糕、奶酪、香肠、火腿、酸奶、麦片、木瓜、香蕉、梨子、苹果……

经过了埃塞三日，今天忽然见到酒店如此丰富的自助早餐，我们真是喜出望外。没去过日本，不知道什么叫寸土寸金。没去过埃塞，不知道什么叫没吃没喝啊。而且我昨晚没吃晚饭就睡了，已经连续饿了二十四个小时以上，这下得以大快朵颐。

吃饱喝足之后，我们还每人拿了些饼干水果回房，以备不时之需。其实事后表明，这真是多此一举，巴西的食物还是很丰盛的，实在不需要储存饼干这类东西。

在里约这三天，我们没有做具体的计划，反正把著名的耶稣山、面包山、科帕卡巴纳海滩和依帕内玛海滩看过就行了。

我跑去问前台小伙子几处著名景点的交通方式。幸好这小伙子不像昨晚姐姐那样不讲英文，虽然他也不是太流利，但磕磕巴巴还是给我讲明白了，去面包山可以坐公交车，耶稣山要打车，马拉卡纳球场今晚有足球赛，我们可以坐地铁去。

既然恰好今晚有球赛，我们迅速决定上午去面包山，下午赶去明年世界杯的举办地马拉卡纳球场，反正巴西的俱乐部水平已经是世界水平，我们就当是提前看一场世界杯足球赛。

酒店的位置还是不错的，我们出门左转几十米就是一条大马路，过了这条马路就到弗拉明哥海滩上了。

我们在大路上坐了前台小伙子推荐的公交车，每人2.75巴币。我拿着地图问售票员该在哪里下车，她完全不讲英文，跟我们怎么说也说不明白，最后指着一个小伙子表示，让我们跟着他就好。而这小伙子第二站就下车了，我们也只好跟着他下车。他带领我们穿过一片绿地，然后就很茫然地看着我们，也不会一句英语。

此时，我们身边经过一位人高马大的大叔。小伙子抓着大叔翻译，大叔用极度不流利的英语问我们到底要去哪儿，我们说面包山啊。大叔指了一个方向，跟小伙子要去的方向背道而驰。于是，小伙子就这样抛弃了我们走掉了。

我们三个只好沿着马路向大叔指点的方向信步走去。在巴西第一次坐公交车的经历就此告以失败。但即使就这么一次公交经历，也推翻了出国前在穷游上看到的所有攻略里说的，巴西公交车都没有站牌的传言：人家明明有很好的车站和站牌，写着各站的名字，挺正规的，到站也停车，而不是攻略里说的需要按铃司机才停车。

一切事情都要自己亲身经历才有发言权，至少里约的公交车系统，还是很正规安全的。

今天天气很好，天空很蓝，阳光明媚，我们虽然对面包山在哪里依然毫不知情，但走在里约有些欧式风格的街道上，还是很惬意的。

很快就看到了远处耶稣山上那座举世无双的耶稣像，我们又向一位大叔问路，他身边走着的大概是妻子和两个孩子。大叔努力地说着不太好理解的英语告诉我们面包山的大致方向，后来他发现自己表述的是开车路线，又折回到我们身边告诉我们走路的话走另外一边会更近些。

过马路时，行人路线是红灯，我们仨乖乖地等候绿灯，而大叔带着一家人看看左右无车，迅速穿过马路，还回头帮我们按了行人红绿灯的按钮。若他不按，我们不知要等到何时。看来巴西人民过马路，跟中国人民倒真类似，不用看红绿灯，凑够一小撮人就可以走了。

过了这条马路后,海滩便豁然出现在我们眼前。大批骑自行车锻炼的人们穿着颜色统一的黄色骑行服扑面而来,许多上身穿件比基尼,下面穿条短裤的年龄从15岁至65岁的美女们纷纷经过。她们可真自信啊,无论身材若蜜桃或似水桶,比基尼都照穿不误。

海滩上到处都设有足球门框,看那些踢球的人似乎也没有组织,谁来了换上球衣下场就踢,场中还有年届60的大爷,从小这样踢沙滩足球长大,难怪人家得过那么多次世界杯冠军。

我们一下子对里约这个城市有了极大的好感,全民这样热爱运动的城市,总会显得朝气蓬勃。

以耶稣山为背景,我们仨热情洋溢地拍自己的人像照的时候,经过的三个中国人果断走来打招呼。他们是北京交大的一位老师带领两个研究生来里约做试验的,彼此留了电话号码,也算他乡遇故知。

记得以前出国旅行,中国人互相见了面是很有戒心的,而这次无论在埃塞 Ziway 湖边餐厅,或者在里约这个博塔弗戈海滩,都有国人主动前来搭讪,看来非洲和巴西的中国人毕竟太少,见到同胞分外高兴,都顾不上戒备了。

经过加油站大家已经口渴得不行,每人买瓶可乐或七喜,竟然合人民币12元一瓶。我们立志从此要用国内带来的电饭锅(风风竟然带了电饭锅,这趟巴西的穷游之旅,一下子就定了调子)烧开水,再也不买水喝了。

走了总有五六公里，经过了里约大学，终于到达面包山缆车下。好消息是，我在泰国办的国际学生证竟然可以半价，一张缆车票就省了26巴币，而我这学生证去年是30元人民币办的，真值啊。

从面包山俯瞰里约市的确很美，可惜今天有雾，能见度不是太好。我和凤凤今天心情都不是最佳状态，各有各的心事，反倒是被我们一路从埃塞评判到今的丹丹，特别平和开心。

人生不过短短几十年，大多数时间是平淡乏味的，所有欢愉的美好时刻，都不会是永远。当我们还自觉拥有的时候，不用那样瞻前顾后，患得患失，好好珍惜与享受就好。

从面包山下来已经中午12点半，我们打辆出租车回酒店。途中我和丹丹在超市下车，买了50多块钱的食物外加饭盒、刀叉等餐具。

去过超市，就更加珍惜酒店的早餐，乘以汇率3之后，超市的所有食物水果都显得非常昂贵。我们再度下决心以后要把免费早餐吃到极致，争取一天只吃一顿饭才好。

在酒店微缩房间里，丹丹拌了蔬菜沙拉，切了肉肠，吃了面包片，喝了错买的带汽的水（自此我们买水都要先说不要带汽的），重回当年在澳洲的艰苦岁月。可惜巴西超市里都买不到烤鸡，令我们的穷游逊色很多。

吃完饭已经快3点，我们便匆忙出发去马拉卡纳球场了。

酒店离地铁站居然也很近，难怪这么小房间要一晚878元，距海滩和地铁站都这么近，地段算是超级好了吧。

巴西地铁也是一票制，这至少使买票的工作显得不那么困难，但是怎样坐车我们就完全傻眼了。抓住旁边一个小伙子乱问,他虽然不讲英文,但还算能听懂,非常聪明地用手机中的翻译软件告诉我们,他的目的地是马拉卡纳下一站,所以我们跟着他换车就可以。

他身边非常热辣的女朋友,和一个面孔十分英俊的少年一直好奇地看着我们。相比之下,这小伙子还算比较淡定,一路用手机中的翻译软件告诉我们,该下车了,跟着我,还有两站地,真有智慧啊。

虽然到巴西只有一天,但对巴西人民已经有了些初步的印象:这里有色人种比白人多,他们跟欧洲那些发达国家的人气质很不相同,跟非洲那样落后国家的人也不一样。

欧洲国家的人,在完善制度下生活太久,不需要斗智斗勇,钩心斗角,逐渐丧失了很多生存能力,在我们看来就有点傻。

非洲等落后地区的人民,看世界难免仰视,不够自信,眼神中总有点可怜兮兮。美国、澳洲等独立不久的暴发户新贵,则动不动拿钱说话,比较傲慢,人际关系能力低下,不够婉转。

而巴西人,他们脸上有精明,具有足够的生存能力,他们不过分自信,没有暴发户的新鲜感,也不背负文明古国的几千年负担,他们真的跟我以前见过的外国人很不一样。

在马拉卡纳球场下地铁时,比赛已经快要开始了。一位大哥跑步把我们带到一个售票处,说他要去别处买票,就迅速跑开。

立刻,一位穿制服戴帽子的工作人员女孩走过来问我们是否讲英语,唤了个小伙子工作人员带我们去买便宜的门票。原来球场这边售票处是卖贵票的,每张 150 巴币,转到球场后面去的另一个售票处卖便宜票,每张 40 巴币。

小伙子带我们走了最少一两公里转到球场后门,还送了我们一张免费的球票,所以我们仨买两张票就可以了。

我们开始还怀疑人家是不是真正的工作人员,现在看来,其实马拉卡纳球场组织得非常好。据我们目测,这么一场比赛,出动警车十多辆,工作人员至少几百个。

悲剧的是,我们的便宜票还必须走回下地铁时那个门去入场,小伙子又陪我们一同走回去,这么一个来回就得三四公里啊,我们留下小伙子的电邮地址,万分感谢。

另外一个工作人员小伙子见他带着三个亚洲女孩,过来搭讪。听说我们来自北京,他一副对北京很熟悉的样子,想了一会儿说,我喜欢日本。我真想劝劝他,还是先学好地理吧。

进了球场还要爬两个大高坡才能入场,丹丹终于崩溃了,说今天走的路比她在国内一个星期走的都多,我和风风还算健步如飞。比赛已经开始二十分钟,但我们坐下不到三分钟,主场进球了。虽然进的是一个任意球,但我们跟巴西人民一起跳跃欢呼,已经十分满足。

我们所在的看台是文明台,大家都坐着,只有进球时刻才站起来鼓掌喊叫;右边球门后的那个看台,估计是贵票的看台,所有人从头站到尾,不是喊口号就是唱歌,一场比赛看下来,估计能减肥 1 公斤,羡煞旁人。

回想 2008 年在佛罗伦萨看的那场足球,90 分钟都站在椅子上,因所有人都站着,谁坐下就根本看不见,似乎还是意大利人更热情些。不过马拉卡纳这全世界最牛的球场能容 10 万观众,有 1/4

看台热情洋溢，已经是2.5万人的规模。

中场休息，我出去给她俩买水喝，再次遭遇语言障碍，他们听不懂"water"。旁边工作人员倒是立刻过来帮忙，但也不懂"water"。我正绝望之际，顾客中一位美丽的女士主动过来跟售货员说，就是"Agua"，似乎是这个词吧，于是我顺利地买到了水，同时又一次感受到了巴西人民的友好与热情。

距比赛结束前十五分钟，我们先行离开，害怕散场时既打不到车又坐不到地铁。我们非常顺利地坐了地铁回酒店，全程都有座位，来自北京的中国人还怕在世界任何角落乘地铁么？即使车厢内一半以上的人都站着，我们也必定有座位啊。

回到酒店，已经快7点天都黑了。今天在里约又乘了公交又乘了地铁，治安没有之前看到的攻略所描述的那么可怕，我们没有被抢也没有被偷，当然一直也未敢掉以轻心。不过总体来说，今天遇到的所有巴西人都十分友善热情，对我们很好很好地。

上午碰到的交大老师晚上请我们吃饭，幸好各自住的酒店离得很近，大家找了个彼此都认识的地方见面，一同吃了晚餐。这家餐厅的菜很难吃，乏善可陈。餐后去参观他们住的酒店，途中我们见到好几个躺在地上睡觉的流浪汉，有些触目惊心。

他们的酒店光线很暗，显得不太干净，Wifi又特别不容易上，还不如我们的酒店好呢。我们房间虽小，但窗明几净，颜色明丽，Wifi好用，地段又佳，至少沿途无流浪汉倒卧，Booking网站还是十分靠谱啊。

里约热内卢，贫民窟离我们到底有多远？

9月23日

早晨起来窗外居然飘着细雨，而我们今天的计划是去耶稣山，这么下着雨能拍好照片么？起床后我盘算了一下，说不定明天天气更差，还是今天就去吧。出门坐了辆出租车，大叔看懂我们要去耶稣山后，在很近的一个小广场停车，叫来一个小伙子跟我们说，可以坐这里的小巴去山顶。

这小伙子英文很好，在这样一个英语不通用的国家里，听到有人说着这么好的英文，几乎有点感动。我们还是决定去坐大家都推荐的小火车上山，司机大叔人很好，说他认为我们今天可能买不到小火车票了，所以他先停车等我们买好了票再走，如果买不到票，他就把我们拉回来坐小巴。

售票人员果然跟我们说，现在山顶有雾，估计看不到耶稣像，但如果我们坚持非要买票也可以，她只是提醒我们一下。我们决定拼拼人品，还是买了票。等候小火车的时候遇到一群中学生，肤色由浅到深，青春无敌。我用相机偷拍他们被他们发现了，索性他们都站到台子上让我拍了张集体照，然后一个男孩大声说着日语"谢谢"。我真想跟他们解释我不是日本人。

小火车十分古朴，令我想起日本从京都去往奈良的慢火车。丹丹和风风各自对着窗户发呆，美人惆怅总是最迷人的风景。到达山顶果然雾很浓，气温很低，十分寒冷，耶稣像基本笼罩在浓雾中看不清形状。只要丹丹站在耶稣像下拍照，风就会把云雾吹开露出耶稣的真容，我也还可以，但只要风风站过去，雾就立刻遮住了神像。最长一次我跟丹丹跪在地上超过十分钟，想给风风拍张全景，都等不到一阵风。本来拍照不需要那么多时间的，多数时间用来等候雾散开。不过即使天气不好，我们还是很开心，能见到这举世无双的耶稣神像已经很好了，毕竟还时常有风儿吹过呢。

站在耶稣像脚下，会令人产生莫名的渺小感。这世上一切神像，眼睛都是微闭着向下看的，如我国五台山的诸多佛像，还有眼前这座高大宏伟的耶稣像。只有拥有一颗悲天悯人的心，才可以成为神吧？我们如今都市人，个个眼高于顶，只看到比自己生活更好更有权有势之人，一生努力求上进，几乎从不低头看世界，距离通往神佛之路，恐怕还有万水千山。

下山后已经中午12点多，大家肚子都饿了，打算回酒店去用电饭锅煮方便面吃。可怜的风风和丹丹，跟着我这坚持穷游的人一同旅行，不得不过着这么艰苦的日子。她们把我在那个繁华的小广场放下直接坐出租回酒店了，我去寄了明信片，换了钱，修了眼镜，还到超市买了棵生菜。

其中问路无数次，他们虽然都不讲英语，但每个人都非常热情，还招呼身边的其他人来帮助我。其他人其实也不讲英语，但是大家说了一会儿就有了结论，我最终总能打听到我想去的地方。眼镜店的美丽女店员还免费给我拧上了墨镜的螺丝，我再一次感到巴西人民的热情友好。虽然由于语言不通办什么事都不太容易，但因为他们人好，困难中有很多感动，就像去年在俄罗斯，同样语言不通，但同样感受很好，这也是旅行中丰富的内容。

两度在超市买东西，发现巴西人比中国人要慢节奏得多。超市收银员随时与顾客聊天，平均每收一个人的钱要三分钟以上时间，不管顾客是买一件东西还是买一筐东西，人家都慢慢扫条码，一边微笑聊天说话，收钱时也慢慢数钱，找完了钱有时还留恋地多聊几句，才轮到下一个。而后面排队的人也没一个着急的，似乎这就是他们的节奏，没人催促，更加没人投诉，大家全部安之若素。

我一直对于东亚人的匆忙急促感到疑惑，尤其中国人与日本人，全体行色匆匆，赶着挣钱，赶着花钱，连广告语都是"快抢节"，不仅快，还要抢……不知是否由于我们人口密度大，资源稀缺，竞争激烈的缘故。你不抢，便宜就让别人占了；你不抢，你就吃不上或者至少吃不好。那些欧洲国家的安步当车，坦然从容，不知如何获得。也许因为他们人均占有资源就是比我们多，也许因为他们生存条件就是比我们优越，他们落后的人也可以吃饱，所以不用那么争先恐后。得以优雅，首先要基于丰衣足食吧。

回到酒店，丹丹立刻将生菜与方便面下锅，加上昨天的肉肠，吃起来十分可口。今天我们三人终于赶到一起身体不适，吃完饭全部躺倒休息，一睡就睡了两个多小时，起床时窗外已近暮色，去其他远地方都来不及了，我们于是下楼去邻近的弗拉明戈海滩散步。

依然警惕于巴西的治安，我空手什么都没带，她俩也只带了手机。雨后阴云密布的海滩还是很壮丽的，远处点点灯火十分旖旎，我们仨一路贼眉鼠眼四处乱看，生怕有陌生人接近我们，搞得心情比较紧张，不能放松下来好好欣赏沙滩美景。小雨中依然有很多人在沙滩上跑步锻炼，巴西真是一个爱运动的国家。

中午的方便面吃得比较饱，晚上就不用吃晚餐了，盘算一下我们到巴西之后，简直还没正经吃过一顿饭呢，真正节省啊。我和风风想出去走路锻炼一下，也只敢走到那个小广场再走回来，这边过了晚上7点，马路上就没太多人了，加上我们也没有住在夜生活特别繁华的地段，所以夜晚出门还是有点恐惧。

回来途中，在对面酒店订了明天上午的贫民窟半日游。之前在电影《里约大冒险》中看到的巴西街景非常美丽，我们一直认为是在贫民窟所摄，所以十分期待去见识见识。今晚终于联系到了在里约的朋友，答应明天下午在我们结束贫民窟半日游后来陪我们逛逛里约老城区。晚上10点准时睡觉，人在旅途，作息时间可真健康。

9月24日

早晨起来依然下着小雨，但也丝毫没有影响我们的心情。这趟来巴西，不知为什么不像我每次出门旅行那样纠结于晴天阳光，也不太怕由于光线不好而拍不出好照片。大概一来由于里约这个城市在阴雨绵绵中别有一番风情,二来巴西离我们太遥远,新鲜事物太多,我们目不暇接,已经顾不上纠缠照片质量等小事情了。

昨晚约好9点20旅游团来接我们,今天只晚到了六分钟,也不像别人攻略中写的,巴西人没有时间观念。只是沿途要接的人太多,等把最后一批游客接到,已经11点钟。

下车前导游再三强调,一定要紧跟他身后,不要自己到处乱走,不要随便拍照,这不免增加了些紧张气氛。走入狭窄的街道,遇到的人们个个面容泰然,并不特别凶恶或麻木,一家家小商店也琳琅满目,跟我们在四川等人口密度极大地区见到的拥挤小镇无甚本质区别。

导游带我们去了几个购物项目,比如一家画廊,一家面包房,路过一个用电缆编制手链的小摊位,还有几个半大孩子敲着水桶给我们表演即兴桑巴舞。最后造访一家幼儿园,孩子们都在午睡,一张张小脸若天使。在贫民窟待了两个小时,就有点待不下去了,主要因为街道都特别狭窄压抑,最窄处面对面两个人错车都要侧身,且路上随处大小便,气味难闻。

导游说这里水电都是违章胡乱接的,根本没有垃圾车来清理垃圾,只有靠雨季一场大雨把垃圾冲下山去。

导游在讲解时面带严峻表情,一直说:"你们从来没见过这样的生活吧?你们从来不知道这世上还有一部分人在过着这样的日子吧?你们从未想象过当你们居住在温暖舒适的家里的时候,还有人在这里艰难生存吧?"

我们于是心里越来越难受,倒不完全因为对里约贫民窟的同情,而是我们对这样的环境并未感到特别陌生。其实在我国许多特定地区和城市里，在我国经济高速发展的这几十年里，这样的景象并不罕见。城市蚁族，市中心把公寓隔成十几个隔间的出租房屋，危险丛生……

当导游把里约的贫民窟当做全世界最悲惨的人群向我们介绍时，我们眼前却是一幕幕自己祖国的同样艰难在城市里谋一碗饭吃的同胞们。贫民窟离我们到底有多远？甚至我自己，不是在刚来北京时也住过到处漏水的地下室，周末跟室友用电饭锅煮点大白菜蘸醋，就当做是一顿火锅吗？

在贫民窟唯一收获是看到了烤鸡，原来心心念念想吃到的烤鸡，只有在贫民窟才有卖，再次验证了我们的口味跟贫民窟是多么合拍。

午后1点钟，终于结束了里约贫民窟之旅，一点也没看到我们在《里约大冒险》中看到的美好的街景和古老的建筑，我们都为这个半日游总算结束了而觉得高兴。旅游车如约把我们送回酒店，朋友已经在门口等，直接打车去了里约最好也最贵的烤肉店 Fogo De Chao，这一上午的内容真是冰火两重天。

一顿烤肉，吃了两个小时，最后结论是有两块地方的牛肉最好吃：一块是屁股上叫做 Picanha 的部位，我总结它好吃主要因为带肥肉，吃起来不知怎么有点像新疆羊肉串；另一块是牛的后背，似驼峰那个部位，风风觉得吃起来像酱牛肉。可见人还是吃自己吃得惯的东西感觉最好，无论新疆羊肉串还是酱牛肉，都是我们最熟悉的食物，即使在巴西吃到，依然感到亲切。

后面的行程就非常紧张了，我们打车去了 Lapa，据说是里约老城区的中心，夜生活最丰富的地方，到了晚上酒吧人满为患。

这里有一个似草帽的大教堂，外观如混凝土般颜色很低调，进去之后的琉璃灯光和悬空十字架却非常别致，与众不同。

所谓Lapa，是一面像颐和园十七孔桥那样的墙，不知名字从何而来。此刻天已擦黑，朋友劝我们用单反拍照低调一点，别大呼小叫，忽然见到旁边有驻防的警车，大家顿时获得了安全感。小胖警察十分面善，应邀亲切地过来与我们合影。然后我们沿那条贴满了各国瓷砖的路上坡，看到中国的青花瓷和"囍"字，国人始终会苦中作乐，这大红"囍"字真是去到世界尽头的每一处地方。

狂奔上两个大高坡，走进一家废墟博物馆。博物馆中所陈列的一切均不是重点，而是在博物馆的最顶层，可以看到里约最美的夜景。夜幕低沉，阴雨绵绵，港湾的诸多游艇静静停泊，里约的高楼林立逐渐笼罩于万家灯火。

今天已是我们到达里约的第三天，明日一早我们就将离开这个城市去往伊瓜苏瀑布，而直至此刻，我们才看到了最好的里约市。可惜我们已经不再有时间细细琢磨，见过一面，看了一眼，就已不得不告别，总是来不及，来不及了。

废墟博物馆6点钟关门，从这里出来去公车站，赫然看到《里约大冒险》中的小火车轨道就在眼前，我们去什么贫民窟啊，其实那部电影根本是在里约老城区拍的。可惜天色将晚小火车已停运，且又下起了瓢泼大雨，我们只好坐出租车离去。没有时间追溯到小火车轨道的尽头，没有时间多拍几张照片，没有时间在老城区走一走。对一个城市，一个地方，一个人，总不能看尽听尽了吧，不留一点遗憾，以后还有什么可思念的呢？

在酒店把丹丹放下，朋友带我和风风去著名酒吧"依帕内玛的女孩"。但其实我们感觉这间酒吧更像个餐馆，大家都在热火朝天吃烤肉，没几个人专程来喝酒。虽然那首有名的歌曲"依帕内玛的女孩"是在这间酒吧写成，酒吧里却并无驻唱乐队演出。周围气氛安静祥和，与我们印象中的酒吧不太一样。

中午的烤肉吃得太撑，我和风风完全不能再吃东西，我只喝了果汁，风风点了甘蔗酒，据说酒劲还挺大。不到9点，我们已经困得蔫头耷脑，朋友倒还尽职尽责地带我们去看了科帕卡巴纳海滩最豪华的酒店，又在海滩上喝了一个冰冻椰子。寒风苦雨中，我们面对苍茫大海，喝着冰冻椰子，各自想着心事。这容不下爱情的大西洋，至少还容得下相思吧。

10点钟回到酒店，丹丹已经熟睡。我跟微信上朋友不知怎么聊起《红楼梦》。这世上万事万物，真的都是注定。是你的终是你的，不是你的，即使你看到了，也不会属于你。说到底，还是宝玉那句"各人得各人的眼泪吧"。

伊瓜苏大瀑布，祝你们洗一个愉快的澡

9月25日

上午9点50的飞机，酒店帮我们约了8点的出租车。从酒店打车到机场花了46元巴币，看来三天前的预付费90元出租车贵了将近一倍，所以不建议以后去的朋友再选预付费出租车了，就算稍微绕点路，也不一定会绕出多一倍钱去。

在里约的二天，理论上讲，一直都算阴天，最后一天还下雨。今日在伊瓜苏下飞机时，晴空万里，蓝天白云，天气好得让人想哭。我邮件预订的酒店免费接送机服务居然真的来了，不过酒店离机场最多不到三公里，开车其实不用五分钟拐两个弯就到了。

这家酒店的大堂很气派，房间里也就一般，有点破旧，还不如里约那间小屋温馨。我们放下行李顾不上吃饭就奔向大瀑布。从酒店到瀑布大门只有1公里路程，我们选择步行，心急如焚。

瀑布门票48.8巴币/人，含大巴车。坐在大巴车的露天上层，风从头顶吹过，感觉很冷。终点站是瀑布观景点，我们茫然地下了车跟着其他游客沿木栈道往下走，心中对大瀑布一点

概念都没有。

忽然对面来了只野生动物,尖尖嘴巴毛茸茸的尾,风风给了它一块糖,它吃得有点黏牙。我把飞机上的饼干给了它,它扑向我的腿要东西吃时令我有些害怕。事后知道它就是保护动物果子狸,我们其实不该喂食它任何东西,但愿它吃了我们的食物平安无事。

再拐了一道弯终于看到瀑布,顿时惊呆了。我过去没见过真正的大瀑布,到德天瀑布时赶上枯水期,壶口瀑布本来这些年就一直缺水,黄果树还没有去过,今次见到伊瓜苏,真的是震撼了。震耳欲聋的水声呼啸而来,落差几十米,延绵好几公里,文字不够形容其壮丽。沿观景栈道走,必须穿上雨衣,否则身上很快就被淋湿,而观景栈道离瀑布至少有好几十米远,可以想象水有多大多壮观。

到达最远处一个观景点,我们如愿见到了双彩虹。以前见过此处的图片,似乎只要晴天,每个人都可以见到彩虹。我们人品不错,今天天气真好。去坐船之前,大家实在太饿,在景点小卖铺买了方便面吃,热水泡开,口味一如国内那样鲜美,然后紧赶慢赶买上了最后一班船票。先坐吉普车在丛林中游览,导游给讲解几种树木,我们都没耐心认真听,只想赶快上船。到达码头,导游指导我们把书包杂物锁在箱子里,善意提醒把鞋子也锁了不要穿着上船去,最后跟我们说:"祝你们洗一个愉快的澡。"

所谓伊瓜苏坐船之旅,其实就是一个冲进冲出大瀑布的过程。我坐着快艇在河水中飞奔,几次都感觉要被抛到河里去。很快到达瀑布正下方,导游给我们最后拍了一张合影后,一声呼啸,船就冲进了瀑布，我们只顾拿雨衣遮头根本睁不开眼。今日伊瓜苏气温顶多二十二三度，瞬间身上全湿的滋味，那只有去过的人才知道。

冲进冲出三数次后，确定我们身上是湿透了，船终于启程返航。我此刻唯有真心感谢导游刚才让我把登山鞋脱了锁在柜子里了。和风风各自买了条紧身运动裤，把湿得重了好几斤的牛仔裤换下来，再坐上大巴往公园门口行驶时，可就真的太冷了。

虽然上身穿着冲锋衣，但刚才瀑布的水还是从领口灌了全身，如今浑身已无一片干，傍晚气温又下降了几度，车开起来寒风瑟瑟。那哆里哆嗦的感觉，立刻令我回想起在新疆巴音布鲁克的遭遇了。

回到酒店三个人洗澡换衣服烧开水，用丹丹的话说，就是"每人花了400多块钱去坐船，结果就是搞了个浑身湿透回来"。总算收拾停当，去吃今天唯一一顿正餐。这家酒店不在伊瓜苏市内，周围一片漆黑寂静，晚餐只能在酒店餐厅解决。餐厅的饭又贵又难吃，十分失望。回到房间后各自裹着被子上网，只愿不要感冒了才好。

玛瑙斯，我是他唯一的听众

9月26日

今天我跟她们俩分开走，我独自乘早晨6点钟的飞机先去玛瑙斯订后面的亚马逊雨林四日游，她们俩则乘下午2点的飞机，要深夜才到玛瑙斯。

我凌晨4点半起床，酒店依然为我安排了免费送机。同车的两位大爷不知是哪国人非常傲慢，带了十几箱很重的纸箱子，到达机场时他们甚至不肯下车，要等司机把这十几箱东西先提下车后，他们俩才依次缓慢地下去。我被他们堵在里面动弹不得，也只能心急等待。

幸好伊瓜苏机场非常小，5点钟到机场办理登机，时间也绰绰有余。伊瓜苏这么小的机场，登机是没有栈桥的，也没有摆渡车，一切全部靠走。

凌晨6点，上飞机前，看到天空一轮金黄色的弯月，想起仅仅七天前，埃塞兰加诺湖边的满月，心中忽然无限留恋与感伤。明明这次二十天的旅行重点是巴西，为什么我对在埃塞的那三天如此念念不忘？

在圣保罗机场转机时问路，问到一位机长，他的英语甚好，我再一次体会到在巴西遇到一位英语好的人那种感动，恨不得问他你要结伴同行吗？

下午1点半钟到达玛瑙斯，还没出机场，已经感觉到扑面而来的热浪。这里就像澳洲的凯恩斯或中国的三亚一样，是个365天永远30度以上的热带城市。从机场打车到市区，一律58巴币。我们订的酒店似乎还挺有名，出租车司机一看就知道在哪里。

来到巴西后，今天是第一天感觉要开空调的日子。办好入住，我换了短裤，没敢带单反相机，孤身出门去联系旅行社。

由于之前看到过各种有关玛瑙斯旅游市场之混乱的攻略，我心中十分戒备及担忧。不过此刻饥肠辘辘，总要先解决温饱问题，便找到一家看起来比较正规高档的自助餐餐厅。苦于没有一个人会讲英语，但服务员加老板加顾客好几个人过来帮忙，总算也弄明白了就是自己拿盘子盛东西，然后集中称重，按重量算钱。负责煎牛排的大妈不十分热情地告诉我，牛排和鸡排是可以加热的，我于是要了一块牛排一块鸡排，最后称重价格不到20巴币，自助餐还是挺实惠的。

一顿饭吃了四十分钟，在这四十分钟里，我再度深深怀念起埃塞的所有美好。事后表明，这是我在巴西之旅中，最后一次那么深沉忧伤地想念埃塞。从后面的亚马逊雨林开始，我们每天不问世事，天真烂漫地玩耍，再也没有因想起埃塞的三个日夜而伤感。"当时明月在，曾照彩云归"，其实重点还是"当时"二字。当身处其中，真正拥有时，一定要珍惜把握住所有的美好，否则时过境迁，即使仅仅过去一个星期，也再不是那时的心情了。

吃完饭后真的没有借口再畏难，只好走到大街上去四处打听旅行社都在哪里。幸好我们这个酒店真的如《Booking》上描述的那样就在玛瑙斯市中心，距离旅行社最集中的那条街只有百米之遥。我打问了几家价格后，最终选择了最便宜的Amazon Backpackers，一看这名字就是针对背包客服务的，谈妥的价格是四天三晚每人286美元。

搞定了四天的日程安排和价格，交了预付款后，一颗心终于落了地。旅行社旁边有座很大的教堂正在摩肩接踵地进人，我于是跟进去看了一会儿礼拜。到沿途见到的哈瓦那人字拖专卖店去买了两双人字拖，换了钱，回酒店换上新拖鞋再出来逛。大教堂中礼拜已至尾声，又像去年在厄瓜多尔见到的场面一样，一个很年轻的小伙子弹着吉他在唱民谣，这真的比欧洲教堂中的唱诗班时髦得多，也非常动听。

自教堂出来，天已经完全黑了，小广场上有个西装革履的帅哥在拉小提琴卖艺，我交了5元钱，认真听了一会儿《圣母颂》，拉得正经不错。去那条唯一的商业街逛了半小时，他们就逐家关门了，巴西的商店关门太早，大概也是治安不好的一个主要因素吧。晚上一过7点半街上就无人，怎么能叫人心中不怕？

走回小广场，小提琴手依然在。这次他拉的是《教父》，我为他录制了完整视频，不知为什么听到结尾我泪流满面。小伙子一曲奏毕走过来与我握手，整个广场，我是他唯一的听众。我不会葡语，他不讲英文，但我们在此时此刻的玛瑙斯中心广场上，达到了旁人所不能及的彼此理解。

从9月17日晚上北京出发到今天，一直是我们三个姑娘在一起旅行。今天一整天我一个人单独活动，单独面对，单独体会旅途中的喜怒哀乐，似乎又找到多年以来一个人旅行的乐趣和辛酸。孤独与自由永远相依相伴，世上没有十全十美的事。9点钟回到酒店上床，12点风风和丹丹到达时我已睡至不省人事，自己都不太记得是如何开门放她俩进来的。

亚马逊雨林，如果这世上真有一个桃花源

9月27日

旅行社早上 8 点准时派车来接我们，先去旅行社的门店把昨天的尾款交了。我们仨的四日游总共 860 美元，昨天交了 360 美元，今天再交 500 美元。其实到目前为止，我没有感觉玛瑙斯旅游市场有什么混乱，他们言而有信，承诺过的事情都做到了，比中国旅游市场诚信得多了。

从玛瑙斯市去我们雨林中的 Lodge，要先坐车到一个大码头，坐船跨越黑白河交界的河流，再坐大约两个小时的车到一个小码头，再坐半个小时船到达终点，全程大约四个小时时间。

这个团队除了我们三个中国姑娘外，还有一个德国姑娘和一个土耳其姑娘，她们也是一起出来旅行的好友。到第一个大码头时，土耳其姑娘布鲁周就过来打招呼。她是个十分可爱随和的女孩，永远面带甜美微笑，聪明伶俐，即使不懂中文，也时常明白我们仨在说什么。那个德国姑娘叫西蒙娜，初相识似乎有点冷面，后来接触多了发现也是个很活泼的女孩，时常口出黑色幽默，还会唱德国儿歌。

跨越黑白河交界处，是我们此行第一个景点。旅行社派来送我们的大叔讲解说，黑白河的水温不同，深浅也不同，所以颜色完全不一样，视觉上很明显看到河中央一条分界线，的确很神奇。

过了大河坐车去小码头时，全车人正因无话可说而昏昏欲睡时，忽见路边有个巴西姑娘伸手搭车，我们的司机豁活倒车100多米回去接上姑娘。从此，前排的司机和送我们的大叔就打开了话匣子，大叔甚至手舞足蹈。我们五个外国姑娘坐在后面面面相觑，虽然听不懂他们在说什么，也明白大叔喜欢这巴西姑娘超过喜欢我们五个一万倍。在小码头遇到一船豪华游客，除了行李以外，他们还搬了几箱可乐、啤酒等饮料上船，好像还有几大包食物，难道雨林中真的那么艰苦？

中午12点半，我们终于到达雨林中的Lodge，完全在一个孤岛，进出必须靠船。木头房屋悬空建在两三米高的木桩上，房间里只有三张床，别无任何家具，卫生间倒是有抽水马桶和淋浴，但只有凉水没有热水。德国姑娘和土耳其姑娘似乎对条件不太满意，还是我们中国姑娘适应能力强，想到四天三晚每人才286美元，就对环境及条件一点不苛求了。就在这个生存条件极为简陋的孤岛上，我们度过了"不知有汉而无论魏晋"的四天没心没肺的快乐日子，如果这世上真有一片桃花源，我愿意相信，它就存在于亚马逊雨林中。

这里在我们之前，只有一位游客，是个德国小伙子。他好似到最后也没告诉过我他的名字，只有一次听到西蒙娜提到他的名字，权且叫他西蒙吧。放下行李先去午餐，丹丹念叨了一路要吃鱼，果然午餐有三道鱼，一道像是红烧，一道是蒸的，还有一道是炸鱼。经品尝，只有炸鱼跟我们日常吃的炸鱼味道一样，就是抹了盐煎熟，还算能吃，另外两道鱼真的太难吃了。还有一道菜是红烧鸡肉，也非常难以下咽。就这么一顿饭，已经证明雨林中的土著印第安人根本不会做饭。

午餐前我和丹丹看到人家在木桥上晾晒衣服，立刻把前天在伊瓜苏淋得湿透的牛仔裤等也搭在桥上晾。谁想到十几分钟后天气突变，开始打雷，又急忙把衣服收回凉棚里，简直不知这牛仔裤到底何时能干。

餐后，大家回房间去睡个午觉。若说今天上午也不过坐车坐船四个小时，不知怎么就这么累，睡下去就不想起来。2点多钟这里唯一的英文导游马赛罗敲门把我们叫醒，说要出发啦。今天下午的日程是先去钓食人鱼，待傍晚时分去看海豚，其实是河豚吧，这里明明是亚马逊河，哪里来的海豚呢？之后再去看鸟，晚餐后还要去抓鳄鱼，听起来日程真丰富啊。

坐船来到一间小卖铺，这小卖铺也建在水面上，里面出售些零食、饮料、手电什么的。我们就在这家小卖铺的门廊钓食人鱼。马赛罗跟我们说，这个地方是他的秘密宝地，因为如果在船上钓鱼，势必要在大太阳下暴晒，而且河里还不知哪里有鱼哪里没鱼，而这家小卖铺每天把吃剩的食物倒在水里，所以水下会聚集大量食人鱼，特别容易钓。

他拿出大约三两牛肉切成很小块，用竹竿拴了鱼线（连浮漂都没有）鱼钩，我们就开始了钓鱼竞赛。起初我一点手感都没有，总觉得鱼线往下沉，提起来却没有鱼，但鱼钩上的肉可越来越少，直到被鱼吃光。丹丹和凤凤已经各自钓到两条,我这里还是交白卷。西蒙娜一早钓到两条,然后鱼就再也不上她钩。布鲁周太倒霉了,眼看着鱼都提出水面,却松口逃跑了,这样活活跑了五条,她最终放弃干脆不钓了。

正当我也几乎要放弃的时候,忽然有条傻食人鱼竟然上了我的钩,我把它大力甩上岸,兴奋不已。这一生似乎也没怎么正经钓过鱼,这条食人鱼真给人成就感。最终我们几乎每人钓了两条,只有丹丹三条,真是高手。

5点钟结束钓鱼,开船到达一片水域,就是看河豚的地方了。这里有灰色和粉色两种河豚,灰色的比较小,大约15—25公斤一条,粉色的比较大,大约50公斤一条。

它们真的很活跃,随时可以看到水面上拱出一个后背,听到它们跳跃的水声,但它们并不真的跳出水面,所以很难捕捉到照片,不过依然给我们带来了很多欢乐。只要看到一只河豚拱出后背,我们就一片欢呼声,一直到天擦黑,才恋恋不舍地离去。回Lodge之前,马赛罗还带我们去一棵大树旁看鸟,日薄西山,大群的鸟儿倦飞而知还,十分壮观。

晚餐还是炸鱼,丹丹再也不念叨要吃鱼了。我们吃完饭立刻上船去抓鳄鱼。马赛罗和另一位导游只戴了头灯,我们手中连个手电都没有,在漆黑的晚上还真有点害怕。西蒙娜絮絮叨叨地说:"冒险啊冒险啊,真正的冒险。"

这些小鳄鱼还挺机灵的,我们抓了一个小时总算抓到一只。马赛罗用不太灵光的英语讲解,我们仨用不太灵光的英语听,所以只能听个大概,好像这种小鳄鱼跟吃人的大鳄鱼是不同品种,它并不吃肉,其他基本没听懂。讲完把它放了,也就晚上9点了,我们仨相继洗完澡上床就已经10点钟了。

本来在雨林里既没有无线网络又没有电话信号,我们以为晚上会感觉无聊,没想到人家日程安排得这么满,一天下来累得够呛,上床立刻睡着了。

9月28日

清晨5点半,被马赛罗叫醒去看日出。作为一个从来不看日出的我,这趟旅行已经连续在埃塞及今天的亚马逊雨林两次早起看日出了。只是今天依然是个大阴天,船开出去一个多小时返回,连太阳的影子都没看见。以我这看日出的人品,以后最好还是睡到8点起,给别人留点机会吧。

回到Lodge吃了早餐,虽然食物远不如在城里丰盛,但至少也有西瓜,怎么也比埃塞强多了。早餐后上午的日程是在亚马逊丛林中徒步,也要先坐船从Lodge孤岛去往丛林岸边。我们全部长衣长裤长打扮,浑身喷了无数次蚊不叮,下船走入丛林。马赛罗一路给我们讲解,有些树干中可以储存水分,丛林生存时就可以把这样的树干砍下来喝水;还有一种树是通讯工具,用刀砍它可以传出很大的声音,最奇妙的是,这声音只向一个方向传递,由于不扩散很聚音,所以传得很远;还有一种树干中长了虫子,马赛罗开始骗我们说这是果仁,我们每人吃了一个。然后他告诉我们,其实是虫子把虫卵下在树干中,虫卵孵出幼虫将树干里的果仁吃掉,待时日足够,虫子就羽化从树干中飞出。按说是一个美丽的化蝶故事，但为什么我们咽进去的虫子似乎变得很大，一下子把嗓子眼给麻痹了，丹丹说她嗓子开始剧痛，我则有点胃里泛恶心，毕竟人生第一次吃鲜活虫子，此处省略一千字……

丹丹在树林里发现了灵芝，非常兴奋地喊所有人来看，但外国人似乎对灵芝毫不了解，以为这就是一种蘑菇，我们说这东西在中国很值钱，他们也一点不感冒。看起来在西方医学中，这些灵芝草之类的东西，营养价值等同于蘑菇，不会救了许仙的命。

马赛罗很喜欢一种像竹篦似的植物，用它的叶子编了很多扇子给我们。雨林中湿乎乎的气温总有30多度，浑身的汗从来就没干过，还真的需要扇子。没想到这马赛罗看起来似丛林硬汉，编起扇子来竟然像白洋淀的小媳妇。估计他对我们五个姑娘也十分无奈，因为我们走得又慢，一路随时喷蚊不叮，遇到荆棘挡路全部束手无策等他解决，他完全无法展示丛林生存的硬技术，只有编点扇子什么的小玩意逗我们玩了。

回去 Lodge 午餐，管理 Lodge 的印第安人们都非常喜欢马赛罗带回来的长叶子，各自编了很多灵巧的小东西，比如蚂蚱、鸟、皇冠什么的。难怪人家说印第安人跟中国人血缘上是有联系的，他们编的这些东西跟后海的手艺人编的简直异曲同工。

今天，我们五个女孩和德国小伙子西蒙都要去丛林中过夜，我们五个只打算住今天一晚，而西蒙准备去亚马逊雨林里住四晚，他真是一个战士。吃完饭就出发，大家怀着忐忑，不知今夜在丛林里会遇到什么。总听说亚马逊雨林是世界上几大危险未知的领域之一，今晚会否有不知名野兽来把我们吃掉呢？

从 Lodge 坐船到露营地居然要两个半小时,到达时天已蒙蒙黑。我们都明白一定要在天黑之前把一切都准备好,否则一旦黑下来什么都看不见,就不敢走出营地十米以外了。大家先去周围找来很多木柴架篝火,然后把睡袋和蚊帐支好,幸亏人家印第安人在这里搭了个棚子,虽然四面无墙,总算有顶,不至于淋雨。

马赛罗实在是一个丛林英雄,用他那把大砍刀,一会儿劈柴,一会儿切蒜,转眼间架起篝火烤上了鸡,而我们五个女孩坐在一旁傻愣愣看着他一个人忙活,什么忙都帮不上。如果真叫我们在亚马逊雨林中独立生活,那恐怕还要训练个十天半个月才行。

以上活动文字描述起来只有三行字,但其实架火、支睡袋蚊帐、烤鸡,这几件事,活活忙了有三个多小时。其中乐趣无穷,只有切身体会方能知晓。

患难出真情这句话真是一点不错,今晚在雨林中的这几个小时里,我们仨和布鲁周、西蒙娜聊得十分开心。大家对各自的生活都有了比较深的了解,也终于成为了真正的朋友。

在我过去的人生里,由于工作关系,跟不同国家的人打交道还是比较多的,但我从来没觉得跟除中国人以外的任何国家的人能够成为朋友。今晚,在吃着没有盐的烤鸡,被无数蚊虫叮咬,浑身汗湿透不能洗澡,黑天蔽日看不出十米远的热带雨林里,我跟一个土耳其姑娘和一个德国姑娘交上了朋友。

其实任何国家,任何地区,任何宗教,任何种族的人,本质上都是一样的,都是人类而已,大家所喜欢的、讨厌的品德都相差不多,大家觉得快乐与伤心的事情也相差不多。她们都是很可爱的好姑娘,跟我们一样。吃完烤鸡已经晚上 9 点,我虽然穿了长衣长裤，每隔十分钟全身喷一遍蚊不叮，还是被蚊子等各种小动物咬了一百多个包。大家均无心恋战钻进了蚊帐。丛林中无网络、无电话、无任何现代娱乐，我一向睡眠不好，非常担心在吊床上根本睡不着，谁想到10点半最后大家集体去了趟厕所后，就此一睡不起，整夜居然都没有醒过。

9月29日

一夜好睡，除了昨晚最后一趟去厕所时，看到一只有点像鼠类动物的小东西在啃食我们吃剩的鸡排以外，没见到或听到任何野生动物接近。清晨五六点钟树林中发出了巨大轰鸣声，但即使这样也没能令我从美梦中醒来，直到6点半，不得不去厕所了，才勉强从吊床中起身。睡足了8小时，自吊床站到地上也是个大工程，我简直差点脚抽筋了。

马赛罗说，那巨大轰鸣是猴群中的猴王发出的恐吓声。一个猴群只有一只公猴就是猴王，其他都是母猴，猴王不允许任何其他公猴加入自己的群，是以发出那么大声音把别的公猴吓跑。野生动物有它们的游戏规则，从出生率统计，公猴与母猴的比例应该是相当的，难道公猴出生后，如果没有成为猴王，就只能孤独终老吗？

早餐，马赛罗煮了鸡蛋，准备了奶油饼干，最了不起是煮了一大锅咖啡。待咖啡沸腾后，他从火堆里抽出两根燃烧的木柴插入咖啡中，锅内立刻升起一片浓烟，同时炭烧咖啡的味道马上香飘万里。加了奶沫与白砂糖，这杯咖啡可算我此生喝过的最好喝最及时的咖啡了。

马赛罗昨天说，忘记带盐是小事情，烤鸡抹了大蒜也一样好吃，但忘记带咖啡可就是大事了。直到此刻手捧香浓热咖啡，才明白他的道理。

今天上午的日程是去参观土著印第安人的生活，开船半小时到达一户人家。我们并不觉得这就是最典型的印第安人生活，这家人一定是所谓示范户，专门给我们这些游客看的。

马赛罗带我们看了看他家的土豆制作工坊、棉花田，并在地里找到一个摘剩下的菠萝，用他的大砍刀切开给我们吃。天哪，今生第一次吃自然熟的菠萝，原来是这样无限甜美，以前吃过的所有菠萝，简直就是垃圾。

在大太阳暴晒下参观这些农田真是考验，西蒙娜一直问能不能在树荫下讲解，不必走到植物跟前去啊。匆匆结束参观，马赛罗带我们来到亚马逊雨林四日游中唯一的购物项目，就是这家示范户编的各种小首饰和毒箭。毒箭看起来真可怕，我一下子就想到福尔摩斯探案集中那个吹毒箭的小矮人，不知这毒箭能不能带上飞机，我们未敢尝试。

既然这是四天中唯一的购物项目，项链、手链等首饰也无非只要10巴币，我们就每人买了一样算是资助当地经济。这家人有12个孩子，马赛罗非常喜欢他家的大女儿，说她是亚马逊小姐，当地最美的女孩。这女孩看起来很像越南人，我跟她合影，她羞涩地问马赛罗我多大年纪。

从这家示范户离开时，已是正午时分。回到营地大家换上泳衣，马赛罗将船开至一片开阔水域，说这里可以游泳，不会被食人鱼或其他鱼吃掉。

在亚马逊河中游泳，是多么刺激的一件事啊！我们立刻纷纷跳进水中，而我此刻才发现，原来我根本不会踩水，只会把头埋进水里一口一口地换气游，于是只好扒着船边请丹丹帮我拍照，不敢游开去了。风风、布鲁周和西蒙娜，则放手泡在水里不亦乐乎。

天气这么热，从昨天到今天身上的汗就没干过，突然间跳进水里的清爽，无需赘述。怎么也游了半个多小时，我们才开船返回。

午餐，马赛罗煮了豆子，配了早上剩下的煮鸡蛋，拌着米饭，非常好吃。马赛罗说，如果他带了猎枪，他可以在丛林中生活四五十天没问题，我们都十分信服地点着头。从外形上来说，马赛罗跟我印象中的丛林英雄真的相差太远，我以为英雄应该是史泰龙那样的，浑身肌肉块，面部几乎从无表情，酷到极致。而马赛罗永远面带微笑，身材瘦小，看似没有一块肌肉，为人也非常随和，一点都不酷。但现实中马赛罗才是真正的亚马逊雨林英雄，只有跟着他才能在雨林中平安生存，估计跟着酷到极致的史泰龙，那只有死路一条。

我们丛林生活多么惬意，竟然还能回去蚊帐吊床中睡一个午觉。之后终于拔营走人了。另外一位印第安人送来一个西班牙小伙子跟我们汇合，然后一同坐船回 Lodge。我和风风本来意犹未尽，打算在丛林中再住一晚的，但马赛罗似乎毫不理会我们俩的要求，一股脑就把我们都送回大本营。这个西班牙小伙子今天中午才抵达 Lodge，坐了两个半小时船来接我们，再坐两个半小时船回去，幸亏他不晕船。

回程途中，我们再次看到了大量的亚马逊海豚，它们那么巨大，我还是更倾向于叫它们河豚。今天我们比较幸运，拍到了些它们露出大部分脊背，甚至有跳出水面的照片。

西班牙小伙子从里约一路坐大巴车到萨尔瓦多沿途玩了十五天，他强烈推荐我们去萨尔瓦多，说巴西的文化基本都集中在萨尔瓦多了。我与他聊了一路，最终只有两件事达成共识，一个是我们都不喜欢美国人，另一个是我们都最爱他所在的城市的足球俱乐部，即巴塞罗那足球队。

回到 Logde 天已将晚，今天有三位新客人加入我们，除了这个西班牙小伙子，还有一对以色列情侣。以色列小伙子在中国旅行过七个月，从北到南，从东到西，可能去过的地方比我还多。

我们兴高采烈地讨论起在中国旅行的种种趣事与艰辛，他从外国人的视角看青藏高原，别有一番滋味。他的伴侣，那个以色列姑娘吃素，一顿饭几乎不发一言，不像他那么好相处。丹丹为了跟我和风风坐在一起，硬挤在这个以色列小伙子身边。那姑娘于是十分戒备地狠盯了丹丹一眼，可惜我们仨当时都太大意，没注意这道寒剑般的目光。

今天由于来了三位新客人，马赛罗作为这个 Lodge 唯一会讲英语的导游，已经舍弃了我们五个姑娘，专门去给新客人带队了。于是晚餐后，一位叫萨巴的印第安大叔划船带我和风风去叉鱼。

我感觉亚马逊雨林的旅游团组织的还是不错的，他们毕竟完成了之前承诺过的所有行程，包括钓食人鱼，看海豚，夜宿丛林，雨林徒步，参观印第安村庄等。今晚因为我和风风提出要去叉鱼，即使其他客人都不去，萨巴也单独划了条船带我们去，还是蛮诚信的。

今晚的星空真的太美了，有满月时则无星，相距十天前埃塞的中秋节，今天月亮已经是月牙状没多少光亮了，于是满天星斗如神话世界。即使不叉鱼，仅坐船在漆黑的亚马逊河中行驶，看一看天上的星星，也是人间至高享受。

萨巴只带了一盏头灯，但我们已不怕这样漆黑的夜。来了亚马逊三天，无论对亚马逊河还是对亚马逊丛林，都已不似最初完全不了解时那样陌生和恐惧。船划至对面无人居住的丛林岸边，萨巴开始用头灯照向水中搜寻，一会儿就看到一条一动不动的鱼，可能是在睡觉吧。萨巴抄起鱼叉一把插入鱼的头盖骨，提起时鱼儿还在拼命挣扎。

做过一次示范以后，萨巴又发现了一条鱼，示意我可以出手了。这鱼叉非常简单，就是在一根拖布杆上钉了两根铁钉，木杆十分重，女孩子提着都比较费劲。我拿起鱼叉随便看了一下，一把叉下去，直接插入鱼的肚子，鱼儿顿时开肠破肚拼命挣扎，血沫乱飞。

第一次叉鱼即获成功令我十分高兴，可惜黑夜里不能用相机留念。下一条鱼轮到风风，风风说："你这一出手就有鱼的壮举让我压力山大。"果然风风错过了这条鱼没有叉到。后面风风又试了两次，我也又试了两次，都让鱼儿跑掉了。我才知道原来叉鱼这事不是那么简单，基本上是叉不到的，尤其是女生，没手劲动作又慢，我那第一条叉到的鱼纯属侥幸而已。

每人试过三次后,风风跟我都累了,示意萨巴回去休息。不经意间也已经玩了两个小时,叉鱼真不是个轻松的活儿。回到 Lodge 马赛罗也很惊讶于我竟然叉到了鱼,看来女游客叉到鱼确实是件新鲜事。风风打趣说我才是真正的女汉子,搁在远古社会,我一个人靠捕鱼可以养活一家人了。

洗澡睡下,已经 10 点多。在亚马逊这三天,每天活动都那么充实有趣,没有电话网络,与世隔绝,却跟同住在 Lodge 的所有外国人相谈甚欢,都成为了很好的朋友。难怪桃花源里的人们都安居乐业,如果不与全世界比较,没有信息社会,眼睛能看见能接触到的人们,都过着同样的日子,吃着同样的食物,没有高低贵贱,没有贫富之差,一切都这样单纯喜乐,所有人就都是朋友了吧?

告别亚马逊，最幸福的时刻都是不自知的

9月30日

睡到早上6点半自然醒，出门去看有无日出。那对以色列情侣已经梳洗完毕坐在门口，我愉快地跟他们打招呼。奇怪的是，小伙子远远不似昨晚那样热情，只微微点了点头，姑娘也似乎没看到我在打招呼，一直望向远方。这态度跟昨晚我们大谈在中国旅行时太不一样了，这一夜里到底发生了什么呢？

回到房间，把这情况告诉她俩。风风说一定是怪丹丹昨晚非要挨着以色列小伙子坐，搞得人家老婆打翻了醋坛子，估计修理了老公一夜。

于是吃早餐时我们都有点无所适从，一共就这么几个人，两张桌子，避也避不开，终归还是跟那对情侣坐了对面。这次以色列小伙的表现更加奇怪，他直接问我："你多大了呀？"我被问得目瞪口呆，风风和丹丹坐在旁边一脸坏笑。

今天上午，我们五个姑娘的日程是划船去看猴子，天知道这三天来我们每天都在船上，今天居然还要自己划船，这是有多爱

船呀。

　　马赛罗是真正抛弃我们去带那三个新游客了，萨巴今天是我们的导游，而萨巴唯一会讲的英语是"one moment"，听就完全听不懂。在雨林中真的每天都有新的探险啊！大太阳暴晒下我们划了一个多小时的船，相继唱过《洪湖水浪打浪》、《我的祖国》、《让我们荡起双桨》等中文歌，西蒙娜唱了首德国儿歌，大家的力气终于消耗殆尽，而且一只猴子也没看到十分失望，便央求萨巴带我们回 Lodge。

　　归途中，突然间电闪雷鸣，眼看着就有一场瓢泼大雨。我和风风根据前人攻略中的提示，都穿了比基尼，一见天要落雨，立刻在船上站起来把外面的 T 恤和牛仔短裤脱掉，装在防水背包中，只穿比基尼坐在船上，谁还怕被淋湿？

　　事后丹丹告诉我们，当我们站起身脱衣服时，船尾掌舵的萨巴看得几乎要流鼻血了。大雨转瞬即至，果然一分钟内浑身湿透，前人的建议被证明真是有用。回到 Lodge 我们意犹未尽地穿着比基尼继续拍照，亚马逊雨林就是这点好，即使被大雨淋得湿透，气温也还是那么高，一点都不会冷。用冷水洗个澡换一身干衣服出去，又是一条好汉。

　　午餐时见我昨天夜里叉到的鱼已经被切成数段煎了，心中依然因昨天的运气而窃喜。连吃四天的鱼，我们已经明白，在 Lodge 居住，主菜中的各种鱼是不需任何成本的，前一天客人们钓到叉到或捕到什么鱼，第二天就吃什么鱼。印第安人又不会烹饪，仅有炸鱼能吃。

　　这顿午餐是我们在亚马逊雨林中的最后一餐，下午我们就将结束四日游返回玛瑙斯市，告别这美好的、与世隔绝的热带雨林了。

布鲁周和西蒙娜她们还有一天的行程，比我们晚一天回玛瑙斯。可爱的布鲁周有点伤感地对我们说："你们走了，谁还会在船上唱歌给我们听呢？"

记得有位哲学家说过：人生中最幸福的时刻，自己都是不自知的。比如一个在沙漠里行走了很久、口干舌燥的人，忽然看到一眼清泉，狂奔过去喝到第一口水时，其实已是他最幸福的时刻。

当我们告诉自己，我是多么幸福，我父母双全，家庭和睦，事业顺利，经济宽裕，我应该没有什么可抱怨的，我实在是一个幸福的人，此时已不是最幸福的时候了，因为我们还需要思考，因为我们还需要说服自己。在亚马逊雨林的这四天，每天玩的快乐单纯，从来不思前想后，一点不伤春悲秋。最大的幸福莫过于此吧，心中没有遗憾，回忆起来，都没什么可拿出来讲的了。

还是睡了个午觉，2点整，萨巴换了身好衣服送我们回玛瑙斯。这萨巴每天在 Lodge 里不是赤膊上身，就是穿件破洞 T 恤，下面永远是那条水陆两用的运动短裤，从来不穿鞋。今天特意换了件不知哪个足球队的队服上衣，一条崭新运动短裤，一双十分新的运动鞋和白袜，也是进趟城呢。

西蒙娜特意从吊床中走下来送我们到船边，跟我们说不要说"Good bye"，让我们说"See you"吧。神奇的是，德国小伙子西蒙竟然提前回来了，帮我们把行李送上船，说他就是为了送我们才回来的，西班牙小伙子也在木桥上向我们挥手告别。

在亚马逊雨林除了见到世外桃源般的热带风景以外，最大的收获就是，我知道我也可以跟其他国家的人成为朋友。

归途还是坐船坐车再坐船再坐车，历经四小时，傍晚时分回到旅行社办公室。其实我们的酒店离办公室只有五分钟的步行距离。由于跟萨巴完全不能用英文沟通，相对无言地终于把我们带回了旅行社。那位当初跟我谈生意的大哥也在，看到我们都晒黑了很开心地回来，他也非常开心，说"你们的快乐就是我的快乐"，说得他自己像个慈善家了。

我在亚马逊叉到鱼的事迹已经传遍旅行社，每个工作人员进来见到我都问："你就是那个叉到鱼的中国女孩吧？"原来在亚马逊河中叉条鱼是件这么难的事啊？我第一次用鱼叉就得手，从未想过也许这是我此生唯一一次机会叉到鱼，人们对于太容易得到的，从来都不懂得珍惜吧。

萨巴不知心里想什么，请了一位会讲英文的导游翻译着对我说，他晚上没事，可以带我们任逛逛玛瑙斯市。我的头脑简单不懂世故的毛病忽然又犯了，对那讲英文的导游说："谢谢萨巴，但是他不懂英文，我们实在很难沟通，就不麻烦他了。"

萨巴听到后立刻跟我说再见，转身走出办公室。一个叫吉米的大叔负责送我们回酒店，还帮我们订了明天早上4点半的出租车送我们去机场。

回到酒店后，风风听说我那样简单粗暴地拒绝了萨巴，非常抱不平，说萨巴不知鼓起多大勇气来问我这句话，没想到被我断然拒绝。此生大概不会再见，连个解释的机会都没有。

我也越想心里越难受，于是跟送我们回来的吉米说，请务必帮我联系到萨巴，我一定要再见他一面。吉米辗转打了好几个电话才终于找到萨巴，叫他半小时后在旅行社等我。我于是让风风和丹丹今晚自己去吃饭，独自跑去请萨巴吃了顿 Pizza。

巴西物价真贵，两个人吃一张 Pizza 和一个沙拉就花了 100 巴币，相当于人民币 300 元。不过施比受有福，虽然两个人一餐饭互相对着没有一句话，反正说了对方也听不懂，但吃完 Pizza 萨巴送我回酒店说再见时，心里就不难受了。

人生中总有那么多美好的人和事会离我们而去，最遗憾的是，我们都没有机会好好地告别。能够善待对自己好的所有人，能够跟他们好好地说再见，就是最好的缘分了吧。

黑金城，为谁风露立中宵

10月1日

　　昨晚开了一夜空调，今天早上醒来时就觉得嗓子剧痛，头疼发烧。来巴西这么些天了，前面又是倒时差又是亚马逊雨林，那样高强度的旅行都没有生病，谁想到今日阴沟翻船，因吹空调而病了呢？

　　4点半，从酒店出发，前台误会了我们的请求，打电话给我们叫了辆出租车。但是昨天我们已经订好了旅行社的车送我们，只好让前台叫的车走了。人家司机倒也没说什么，我们自己却因为这误会十分过意不去。

　　6点50的飞机，我们不到5点就到了机场。玛瑙斯机场太小没什么可逛的，丹丹看上了一只蓝色蝴蝶标本，没想到人家5点钟还关门了，要到8点才再开门，这就叫没缘分吧。

　　11点半，在圣保罗机场落地，圣保罗与玛瑙斯有一个小时时差，搞得我们非常混乱，生怕误了下一班飞机。而其实我们下一班飞往贝洛奥里藏特的飞机是下午5点45起飞的，意味着在圣保罗机场有六个小时时间要打发。

　　凤凤和丹丹上次在圣保罗转机已经消磨了五个小时光阴，对这个机场已是了如指掌。她们先带我去吃了生意最火的一家意大利面馆,找座位排队就等了快二十分钟。吃起来味道也就一般,但估计已经是机场中最实惠的一家餐馆了。吃完饭买了冰激凌,三人分享。

巴西这边好像都是称重型的销售方式,无论吃自助餐,还是吃冰激凌,都是自己选各种口味、各种添加物、各种水果等,最后到收银台称重付款。无论荤素,无论品种,全部统一按重量计价,倒真是省事。

余下的三四个小时时间里,风风用电脑倒照片,丹丹在微信上与密友聊天,我看了本小说。普通言情小说却写得荡气回肠,讲述一个20岁女孩爱上一个40岁中年男子的爱情故事。

最有共鸣的是,当两人经历那样百折不挠的爱情却终于分离之后,女孩子三年五载无法自拔,每天白天如常上班似乎生命中只有事业,夜晚回到单身宿舍换掉套装即以泪洗面。她一边用犹太人的名句劝慰自己"This too shall pass",告诉自己这一切都将过去,太阳照常升起,除她以外的别人都在向前走,世界不会停止,花儿依旧按季节盛开;一边又深深哀悼自己逝去的爱情,眼看着心中的爱人逐渐远去,梦见他的次数越来越少,相处的细节逐渐混淆,每天用来思念他的时间也越来越少,"This too shall pass",那样刻骨铭心,虽然永不会忘记,却终将不再想起,他也如那些走散了的人们一样,渐渐从生命中消失。

到达贝洛奥里藏特已是晚上7点多钟,天已完全黑了。我们很自信地在机场打了辆出租车,没想到里程表跳至90多巴币还未到达订好的酒店。风风开始沉不住气给酒店打电话,酒店跟司机通话后,证明司机确实走错了。我们有点怀疑司机是否故意绕路,最后里程表显示120多巴币,才终于找到我们的酒店。司机却很仗义地只收了100元,至此我们依旧对遇见过的巴西人民都深怀好感,直到今天,我们还没有遇见一个坏人。

办好入住,已经9点,丹丹又决定不再出门,我和风风却饿得饥肠辘辘,还是想出去吃点东西。在我设计的巴西行程中,本没有贝洛奥里藏特这一站的,我们只想去黑金城。只是由于从圣保罗要坐十二小时大巴才到黑金城(奥罗普雷托),比较煎熬,临从北京出发时发现圣保罗飞贝洛奥里藏特才350元机票,就果断买了张机票,把预先设想的今晚住圣保罗,明日坐十二个小时大巴去黑金城,换至今晚来贝洛奥里藏特来住,这样明天再坐两小时车就可以到黑金城了。

由于根本没想游览贝洛这座城市,是以把酒店订在长途大巴站附近,打算明天一早就乘大巴去黑金城,也不太在意这家酒店周边的环境。

今日住下,才发现这家酒店是我们沿途订的周边环境最差的酒店,街上各种奇怪人等晃来晃去,黑人较多,人高马大。我和风风在街上走路时,四只眼睛到处乱看,稍有动静就如惊弓之鸟,好不容易找了家面包店,点了面包和热牛奶喝,刚在窗边坐下,就亲眼目睹一幕闹剧。

只见一个50岁上下的男性流浪汉走到我们窗前忽然倒地,大概是喝醉了,恰好摔倒在下水道上浑身即湿。周围立刻围了三四个人,大家商量了一会儿,似乎有人打电话报警。在我和风风吃面包喝牛奶的时间里,估计有十来分钟,警车到了。警察下车探视了一下流浪汉，两个警察笑嘻嘻互相聊了会儿天，重新上了警车扬长而去，把这流浪汉依旧留在下水道旁，污水从他身上流过。

我们所在的面包店主十分无奈，招呼了两个伙计站在流浪汉身边商量对策，估计想把流浪汉挪走，但这老汉醉倒后人事不省，大家谁也不敢动他。僵持之中，我和凤凤不欲看该剧结尾，尽快回去酒店，自身安全要紧。

相比巴西警察，我国警察总会把流浪汉移至派出所等待他苏醒，批评教育一通再放回家吧。这样看来，我国警察管的比巴西警察还是多一点。

10月2日

早上不到7点，就因嗓子疼而醒来，今天似乎病得更重一些，开始咳嗽了。因起床太早时间充裕，就沐浴更衣化妆打扮，明明只是坐个车去黑金城，却把自己搞得还挺隆重。

8点钟，去吃早餐，这家酒店虽然地段不太安全，早餐倒十分丰盛，不过在巴西经历的所有酒店，早餐都是很不错的，至少都有面包、蛋糕、牛奶、酸奶及很多种丰富水果。这一顿早餐，省却我们很多餐饮费用。在楼下结账时遇到一位不知是客人还是酒店工作人员的大哥，听说我是中国人后，格外热情，几次三番回来跟我告别，亲吻我的脸颊，难道巴西人真的如此喜欢中国人？

我们本来打算赶9点钟的大巴车去黑金城，中午前应该就能到了，谁知阴差阳错，9点半才从酒店出发，且完全没有预期地游览贝洛这个城市。站在城市最高点的一座小山上俯瞰全城，中午去吃了在里约时没吃到的巴西另一家最著名的烤肉店"Porcao"。

这样巴西最有名的两家烤肉我们就都品尝过了,比较起来似乎还是里约那家更好吃些。

从贝洛去往黑金城途中,会经过一座小山和一个美丽的湖。巴西人给这座小山起了名字叫做"世界之巅",而贝洛奥里藏特这个城市,葡萄牙语是"美丽的地平线",这些名字真美。

湖边是富人居住的别墅区,环境真是优雅之极,如有机会再来贝洛这座城市,一定要在湖边的酒店住上一晚,体会一下安宁的、似小瑞士般秀美的清晨。

由于今天上午的游览和那顿丰盛的午餐,令我们对贝洛这个城市产生了不可抑制的好感,而我们起初根本没打算在这个城市停留,只计划在夜晚到来,天明离去,在大巴站凑合住一晚就走了,甚至没想过要看它一眼。

最美丽的事情,总是在最不经意间发生。现在回想起来,临出发时忽然去看了一下机票价格,不分青红皂白地就买了圣保罗飞贝洛的机票,似乎一切都是为了这场相遇。有时真的不得不相信,这就是天意,也是传说中的缘分。

进入黑金城,已经是傍晚,第一眼见到这个小镇就爱上了它。那年代悠久光滑的石板路,那倾斜度超过30度角的陡峭街道,天黑以后全镇昏黄的路灯,中央广场欧式风格的纪念碑与老教堂,思维一下子闪回到大学时代,那时对蜜月旅行的憧憬与幻想。

十几岁时,就向往着到这样一个欧式的小镇,与心爱的人一同旅行,夜晚昏黄灯光下两个人的影子忽短忽长。天冷了去路边的小咖啡馆喝一杯热腾腾的咖啡,在树影中高大英俊的他潇洒地甩一甩头发,低下头来亲吻我,可以闻到他身上很好闻的太阳与香皂混合的味道。我们手牵手去一间古老的餐馆吃牛排与意面，慢慢地告诉他我是多么欢喜，感谢他给过我这样美好的时光。

回去酒店的路上我撒娇不肯多走路，他就背起我数着路上的石板数目，看我的眼神充满喜爱与怜惜。街边的小酒吧放着那首英文老歌"直至河水逆流而上，直至年轻人不再梦想，直至该时我爱慕你。你是我存活的理由，我所拥有都愿奉献，希望你亦爱我，直至地老天荒……"

10月3日

今天计划在奥罗普雷托小镇闲逛，没有任何安排，也不赶时间，在本次巴西之旅的最后一站，好好度过悠闲的时光。所以根本没有人上闹钟，全体打算睡到自然醒。

这家酒店是根据殖民地时期的老房子改建的，木地板非常怀旧。门联窗打开就可以直接走到院子里，似法国的古老庄园，令人联想起罗密欧与朱丽叶，引起无限遐思。但同时墙壁也非常不隔音，早上有人踩着木地板走路，我们在房里就听得一清二楚。从6点半忍到8点，终于起来去与前台交涉，要求今晚换至楼上房间，而前台告知所有房间都已订满不能换了，只好悻悻起床去吃早餐。

窗外阳光明媚，我们的酒店地势很高，从酒店的院子里看出去，竟然是黑金城全景。依山而建的小镇在朝阳下熠熠生辉，美得不可置信。从北京出发直到今天，为了方便旅行，我们一直穿着登山鞋、牛仔裤，今日终于可以换上艳丽裙装出门拍人像，天气也非常给力，昨天一直大阴天，今天却换了晴朗无风，比昨天暖和很多。

首先去长途车站把明天的大巴票搞定。从酒店门前可以坐公共汽车去长途车站，运气好到一出门就追车，总算赶上了这路小镇唯一的公共汽车。无论司机还是售票员均不会英语，幸亏前台给了张地图画出了长途站地点。公车大约把整个小镇绕了一圈，在我们数次询问后，终于到达终点长途车站。事后我们走路验证了一下，其实从我们的酒店到长途车站步行距离大约不到一公里。

她们俩不能忍受十二个小时坐车，选择两个小时大巴回去贝洛，再从贝洛飞圣保罗，而我按之前一直设想的，要体会一下南美的大巴之旅，所以坚持买了从这里去圣保罗的车票。十二个小时，90巴币，相比中国的长途班车算是便宜了。

之后的一整个上午，我们就在各处搔首弄姿自拍。阳光一直妩媚温暖，小镇原来一点都不大，从任何一个地点到另一个地点，均需经过那座中央广场，所有直线距离都在两公里以内。

里约的朋友推荐我们一个黑金城的珠宝店，来之前就听说巴西珠宝很有名，把黑金城作为最后一站，也是由于想看看这里的珠宝，若果真物美价廉，就打算买一点带回国去。

去了这家珠宝店，老板却还没来。店长是位非常有风度的女士，年纪约50岁上下，身上透着一种从容和恬淡。她建议我们先去隔壁著名的自助餐馆吃午餐，饭后再来她们的店看珠宝。这顿午餐自助总算让我们明白了，称重时是连盘子一起算重量的，比较合适的做法是一次性拿够所有要吃的东西。因那盘子太重，我们只回去又拿了几片水果，就多花了1/2的钱。

餐后回去珠宝店里，老板Mike已经来了，我们三人耗了两个多小时的时间，她俩还算买了点值钱东西，我则只"打酱油路过"地买了一个海蓝宝吊坠，价值人民币两千出头，一定没有收藏价值，但至少可以作为我对巴西奥罗普雷托小镇的纪念。

人们有时候是需要仪式感的。当黑金城的模样在我记忆中渐渐不再清晰，我或许可以随时取出这枚海蓝宝吊坠看一看，可以预见的是，我在全世界任何其他地方，都不会再买海蓝宝，于是，这枚吊坠就是美丽的奥罗普雷托给我的所有回忆。我那遥远的黑金城啊！

午睡一个多小时起来，太阳竟然已近落山。紧赶慢赶到中央广场，拍到了最适合人像的那一抹金色的夕阳。中午自助吃的比较饱，而且大家买了珠宝后都深深自责自己花钱太多，决定晚上不再吃正餐，到面包店里吃些点心算了。

巴西面包房给我的印象普遍一般，无论是早餐的各种点心，还是一路上品尝过的各种面包，都感觉不是太精致，不如国内的巴黎贝甜或面包新语。

吃完，回到广场上拍夜景。灯光亮起时这广场看起来又跟白天大不相同，我们坐在中间那座纪念碑的台阶上看下面车水马龙，三个人都沉默无语。这个小镇太小，仅仅在这里住了一天，就似乎到处都有我们的足迹，回想昨天傍晚抵达时第一眼的惊喜，还有昨晚走过的每个地方，那座一定会频繁路过的教堂，那条坡度高于30度角的石板路，甚至那家珠宝店，那个停车场，都似乎已是老相识。

明天一早就将离去，此生大约不会再有机会来这座黑金城。

才刚结识,就要分离,那样美好的时光,也会匆匆而逝。虽然早已明白,人生的美好时刻都是可遇不可求的,却总还是会因离别而悲伤。今夜星光依旧灿烂,"似此星辰非昨夜,为谁风露立中宵?"

圣保罗，在巴西唯一令我们有些担心的城市

10月4日

早上 7 点半的大巴车，6 点半起床，7 点整开早餐，10 分钟吃完早餐后坐辆出租车去长途车站，一切计划得十分周密，却独独未考虑这个小镇几乎人人不懂英语。

于是，7 点 10 分确实完成了早餐，请前台帮我订辆出租车，出租车也的确五分钟之内就来到酒店门前，按说·公里距离，五分钟怎么也到了，应该无风无险。但是，出租车司机大爷完全不懂英语！他听不懂我说的"Bus station"，我赶忙回去找前台要地图，而今日前台换班的女孩，竟然也不懂英语，找不到地图。

我又狂奔回房间里去找昨天那张画了长途车站的地图，幸好还没扔进垃圾箱，再度狂奔出酒店，已经 7 点 20 分。终于明白昨天早上为什么那么多人在木地板楼梯上奔来奔去吵醒我们，估计都是被不懂英语的出租车逼的。

大爷看了地图上画的标志，总算明白了我要去哪里。但令我奇怪的是，我明明背着大包，一副要长途旅行的样子，而这个小镇没有火车更没有飞机，若非坐出租车或私家车离开这里，唯一

的选择就是去长途车站坐大巴,难道这还不好理解么?

到了长途车站,放好行李上了车,果然立刻就开车了。由于这一早被语言困扰造成的匆忙,我都没有机会好好地跟奥罗普雷托告别。总是如此吧,越想认真地告别,到离开时却越不给机会说再见。人生中很多人、很多事,当我们还在一起时,谁都没料到那已经是最后一次见面,转头回来看的那一眼,其实已经是最后一眼。大家都向前走了,频频回头的那个,一定是最伤心的那个,因为其他人,都已不在原处。

之前看过的攻略中,还有美剧中,都描述南美的大巴车条件不太好,完全不讲英语,时常还有些险象环生,甚至可能遇到劫匪毒枭之类,情节十分曲折多磨。

今天坐上了巴西的大巴,却发现条件非常好,车内干净整齐,车很新。在司机与乘客间还有一道玻璃门,只要司机开车,这道玻璃门就关闭,根本不要想与司机说上一言半语。

从奥罗普雷托发车时,乘客不足1/4,大家散坐在车厢内,每个人看起来都经济条件较好,比我们在高铁上见到的人员素质还要高。司机身着洁白制服,虽然不讲英语,但是听得懂英文,彬彬有礼。这一切与我想象中的大巴历险记差距太大,看起来这十二个小时就似坐飞机,什么都不会发生,我失望地直接睡着了。

早餐大概喝多了水,连续停靠两站我都去车站内上厕所。第三次问到司机厕所在哪里时,我们的司机终于受不了了,告诉我车内亦有厕所,不用跑去站里。我有点脸红,没坐过这么高级的带厕所的车。有一对与我一同在黑金城上车的年逾70的老夫妻坐我正前方第一排,其中那位大爷时常目不转睛地盯住我看。

快到中午时分,大爷终于给一位老太太让出他第一排的座位坐到我身边。我抖擞精神准备接受大爷的问话,谁想大爷似乎是担心我被别人欺负,非要自己亲自坐我旁边保护我才算放心,一旦落座,松了口气,即刻睡着。

午后1点半,车停在一家很大的休息站让乘客午餐。依然是称重自助,条件远远好过我国高速路上任何服务区。在巴西旅行的体会,跟去年在厄瓜多尔差不多,虽然目前巴西人显得没有中国人富裕,或者说可能没有中国的富人那么多,但他们的基础设施和市政建设普遍还是好于中国,民生工业做得确实比中国好,也许还是人口原因,中国毕竟人太多了。

很幸运地与一位懂英语的女士一桌吃饭,她今晚从圣保罗飞美国去看她丈夫。我们聊起美国国家公园的关闭,聊起奥巴马的政策与无奈,双方都有些惊喜。在巴西一辆普通的长途大巴上,一个巴西女子与一个中国女子竟然可以谈起这样的话题。

下午下起了蒙蒙细雨,我们的车开出车站不久就遇到路边有抛锚的大巴。司机立刻开门让那辆车上的所有乘客都上来,把他们带到下一站的小镇。

隔着走道的一位大爷,从旅行袋中拿出许多生花生来分给大家吃。我身边保护我的大爷于是千辛万苦找出个塑料袋来给我接着花生皮,所有吃花生的乘客也没有一个人把花生皮扔在地上,都是找塑料袋收好垃圾。

车窗外,雨润中的巴西大地显得格外富饶而有生机,车内乘客也都衣着得体面容亲切。虽然我的南美大巴之旅不似之前想象的那样惊险刺激,但这十二个小时的长途车,令我对巴西这个国家和巴西人民更增加了些了解与好感。

在我去过的近二十个国家中,令我感到旅行不适的国家仅有埃及与印度,此外越南也是个彪悍的国家,其他那些无论地处亚洲、非洲、欧洲、美洲的国家,基本都是令旅行者感到愉快的国度。

总结起来,喜欢一个地方,一定首先因为喜欢那个地方的人,不喜欢那里的人民,一定也不会喜欢那个地方。

似巴西这样的南美国家,毕竟是新大陆,未曾经历太多的征战掠夺。葡萄牙人带来了黑奴,一下子把本土印第安人赶进热带雨林,他们的阶级划分从刚一开始就很清晰鲜明,没有齐楚燕韩赵魏秦的领土之争,没有一个又一个朝代的更替换主。他们的土地是新鲜的,人也是新鲜的,没有那样厚重的历史烙印。

佛教说,每个人出生都是带着前世的因缘而来,转世轮回,从无休止。我也认为,一片土地上的人民,都是背着历史的担子的。中国有五千年的历史文化,于是每一个中国人身上,均背负着这五千年以来形成的各种伦理道德规矩讲究习惯,有很多好的,比如尊老爱幼,比如知足常乐,亦有弊端。巴西有富饶辽阔的土地,他们的资源还够子子孙孙吃上几百年甚至上千年。

到天黑了,才进圣保罗城,大巴停靠第一站只有少数几个人下车,其中有那位会英语的女士。我问她是否我该在这里下车?她说这是机场,下一站才是长途车站。

半个小时后，真的准准的7点半钟，车停在圣保罗第二站。我身边的大爷打手势说，后面还有一站，问我到底在哪一站下车？一个圣保罗居然有这么多车站，我糊涂了。

到车下去问司机，但司机完全看不懂我拿的酒店预订单上的英文，于是所有正在卸行李的乘客都拥过来帮我看预订单，但是依然没有一个人会英文。他们又找了车站的工作人员来，还是没有人看得懂英文，最后一个工作人员恍然大悟地对我说，你可以打车去。

我有点啼笑皆非地取了行李出去找出租车，虽然这么多人没有一个真正帮上我的忙，但我还是很感动于他们的热情。今天的这趟出租车令我十分起疑，明明他车上的GPS显示距离我的酒店只有2公里了，他拐一个弯后就显示又有7公里，再拐个弯就显示还有9公里。我觉得司机给我绕路了，但由于自己是一个没有方向感的人，又提不出明确的证据来，而且凤凤和丹丹她们坐飞机早就到了圣保罗，只我一个人打车，也不敢太跟司机较劲。

总算38巴币到了酒店，平安到达就好。一进房间扑面而来个大惊喜，竟然是两房一厅的大公寓套房。为了节省成本，我们一路住的都是非常拥挤的三人间，而今天这在巴西的最后一晚，居然人品大爆发，可以住得这样舒适宽松。

10月5日

早上9点钟才迟迟醒来，凤凤和丹丹已经出门不知去了哪里。我于是用手机放着国语歌慢慢洗澡化妆，迅速把这里变为中国主场。

今天是真正意义上在巴西的最后一天，明天凌晨1点15分的飞机返程。已经对这一趟旅行开始留恋，有些故事还没讲完那就算了吧，那些心情在岁月中已经难辨真假。翻看手机中沿途拍摄的照片和自己发过的微信，二十天来的每时每刻都历历在目。

11点钟她俩才回来，说已经把市中心的几个著名景点都走到了，遇见可怕的流浪汉对她俩大吼，市内人很多显得十分不安全。现在当务之急是解决今天下午的容身之地。

我们的房间12点就要退房，而飞机是明天凌晨1点。风风说刚才她去跟前台商量能否把我们的房间延到下午6点才退，至少可以睡个午觉再走，但前台大爷不懂英文无法沟通，叫我再去试试。难道我手语表达能力比她俩强很多吗？

我下楼时有位客人正在跟前台大爷说着什么，我问大爷能讲英语吗？大爷茫然摇头，我只有寄希望于那位客人。还好这位高大英俊的帅哥立刻主动说需要翻译吗？我连忙十分感谢地点头称"是"。经他磕磕巴巴翻译过后，我明白此酒店今天晚上客房全满，不但不能把我们的房间续到下午6点，即使想订一个其他房间半日也绝无可能。

看来我们只能从中午12点到晚上12点浪迹街头，我垂头丧气地走向电梯。帅哥不一会儿也过来了，跟我一起等电梯，并问我住几层？我说12层，他说恰好他也住12层。在电梯中帅哥羞涩地说，如果不嫌弃他的房间太小的话，我们可以把行李先放他的房间，中午在他房间休息一会儿，他马上要出去办事，在下午4点以前都不会回来，我们只要在他回来前把房卡放前台自行走掉就可以了。

这真是天上掉馅饼啊，我立刻回去叫上风风和丹丹把行李搬至帅哥的单人间。这房间确实真小,三个人进去已经转不开身,帅哥看似来圣保罗出差,桌上随意放着笔记本电脑,衣柜挂着整排西装衬衣。我们忙不迭向他表示感谢,他低头问我晚上可否一同晚餐?我正忙着搬运行李根本没听见,风风就替我一口答应下来说"当然可以"。

　　帅哥走后,我意识到我今天的时间就比较紧张了,不知还能否来得及去看一眼圣保罗那著名的大教堂。我们仨先去街边小饭馆午餐,点了两份奴隶饭、一份鸡腿饭。所谓奴隶饭是用香肠、猪排骨等跟豆子炖在一起的乱炖,量太大一个人根本吃不了。一顿饭花了30巴币,浪费了很多。

　　2点钟,她俩陪我再去一趟她们上午已经去过的大教堂,我听从她俩的劝告没有带单反,走在街上确实明显感觉到她们所说的不安全感。这种不安全感是很奇怪的,其实周围的人们也没有对我们怎么样,但不知为什么就觉得人人脸上不太和气。所有人行色匆匆,气氛有点紧张。

　　4点半钟,我准时回到酒店,帅哥果然在等我。中午2点才吃完午餐,这么早的晚餐哪里吃得下。他告诉我他是意大利人,名叫大卫,出生于威尼斯,现在在米兰工作,还拿出了他的律师证给我看,他到圣保罗是出差,来解决这里一个银行的法律问题。

　　当我看到了他律师证上的出生日期是1970年时,帅哥就不大自信了,问我怎样看他的年龄?他已不算年轻了。我真是啼笑皆非,年龄有什么要紧呢,40多岁正是成熟体贴的年纪。

　　大卫给我讲了很多儿时的故事,告诉我他威尼斯的家在哪里,下了船之后怎么走,邀请我去米兰和威尼斯玩。他说起他家是犹太人,全都信犹太教,然后,他凝视着我问:"你知道做犹太人的妻子也要信犹太教吧?"我说:"知道啊,我在美剧《欲望都市》中看到过。"灵光一现间,我忙解释说:"到了我这个年纪,也不可能再去信仰任何宗教,我这一辈子算是完了,死不悔改了。"

从此话题就变得很散漫,聊了聊我们各自去过些什么国家,旅途中曾经有过些什么遭遇等等。时光飞逝,一转眼已经到了9点,我必须回去与凤凤和丹丹会合,出发前往机场了。大卫很友善地留下了他的电子邮箱和Skype名字,我们亲切友好地告别。

又是圣保罗机场,又是三个半小时的等待,而这一次,是要离开巴西了,心中难免有伤感与留恋。

归途路漫漫,先是飞行六个半小时到达多哥,经停一个半小时不用下飞机,再飞七个小时到达亚的斯,这回要下飞机,等待四个半小时后换另一班飞机。

在埃塞机场里寻遍所有餐馆才找到一家有Wifi的,我们三个女生再次突显女汉子的威力,点了一整只烤鸡来吃。看着这小小的埃塞机场的一间间熟悉的店铺,十五天前从这里飞往巴西的场景历历在目。今天,我们回来了,却不能走出机场去再看一眼亚的斯的朝阳。

再上飞机后,飞行十一个半小时,终于回到了北京。此生迄今最长、最远的一次旅行,就这样在无限的留恋与怀念中,圆满结束。

尾声，This too shall pass（这一切也终将逝去）

今天已经是 10 月 28 日，距离我回国整整三个星期。

三个星期内，倒时差倒得很痛苦，第一周每天凌晨 3 点半醒，第二周每天凌晨 5 点半醒，第三周每天 7 点醒，终于恢复到正常与平静。

这一次的埃塞与巴西，太过美好圆满，以至回国的第一周，我根本不敢打开照片来看一眼，害怕一看就忍不住掉下泪来。回来很久了，心思依然还在旅途中，那些美丽的风景与友善的人们，时常会出现在眼前，似乎触手可得。但是，犹太人说："This too shall pass."世界从不停步，时间从不停顿，欢乐不能复制，一切不会重来。即使有下一次，即使再去同样的地方，也不会跟这次一样的经历，遇见的也不是同样的人，发生的也不是同样的故事。多么美好，终是渐行渐远，旅途中的风景与朋友，他们渐渐不再入梦来。

于是我知道，这一切是在慢慢过去了，多么不舍，总要放手，人们终还是要向前走。2013 年秋，我的埃塞、巴西之旅，完美不可复制，再见了，埃塞！再见了，巴西！